建设学习型社区问答120题

上海明德学习型组织研究所

姜善坤　李燕妮　编著

上海三联书店

学习型组织丛书编委会

上海明德学习型组织研究所

简　介

上海明德学习型组织研究所正式成立于1996年，是我国较早研究并向全国积极推进“学习型组织”理论的学术研究和咨询机构。早在1992年，张声雄等人在国际会议上听了美国尼米教授作的学习型组织理论报告，开始了对这一理论的学习和研究。

研究所成立以来，先后在国内20余个省市、1000多家企业和国家经贸委等部委及所属部门举办的培训班、研讨会上作了2100场有关“学习型组织”管理理论的讲学报告。近年来与有关单位合作举办了许多创建学习型组织高级研讨会。1998年1月，与上海市委组织召开了“上海市首届学习型组织学术研讨会”。1998年4月，得到了国家经贸委的支持，参与策划召开了中国首次有15个省市、12个行业参加的“创建学习型企业研讨会”，研究所在会上作了《学习型组织的基本理念及其在中国的发展》的发言；1998年11月，得到了上海市经委、同济大学的支持，参与策划召开了“学习型组织与现代管理研讨会”；2000年6月，得到了企业集团促进会和上海市隧道公司的支持，合作召开了“2000学习型组织高层论坛”；2001年12月，得到了国务院发展研究中心中国企业家调查系统和山东莱钢集团的支持，在莱钢召开了“中国创建学习型企业调查结果发布暨创建经验交流会”；2001年12月、2002年6月和11月，得到了中央党校、学习时报社的支持，先后三次在“中国首届创建学习型社会论坛”和“中国首届创建学习型城市论坛”上作了专题报告;2002 年 8 月,还得到上海市委党校和宝钢集团的支持,与宝钢党校合作召开了我国首次“建设学习型党组织研讨会”。

研究所先后参与了对上海宝钢、江苏油田、内蒙古伊利集团、西安印钞厂、安徽江淮汽车、山东兖州矿业等大型国有企业,以及上海贝尔公司(外资企业)的培训与咨询工作。研究所还承担了中央党校、中国人民大学、上海市委党校、华东师范大学、上海大学、同济大学和教育部成人高校校院长培训班有关“学习型组织”管理理论的教学任务,合作完成了《上海工业系统创建学习型企业研究》课题。研究所编著、翻译出版了《学习型组织与现代管理》、《21 世纪管理新模式》、《学习型组织的创建》、《21 世纪学习型组织》、《〈第五项修炼〉导读》、《〈第五项修炼〉实践案例》、《造就组织学习力》、《学习型组织之路》学习型组织管理书籍,《学习型组织‘金’典故事》、《学习型组织‘金’典测试》、《XC 培训师》等演练书籍,《怎样做学习型员工》、《建设学习型基层党组织案例汇谈》普及书籍,《从低谷走向辉煌》、《金山之光》、《班组建设新实验》《我们生产凝聚力》和《激活生命细胞》等中国创建学习型组织纪实丛书。2003 年 3 月推出学习型组织理论本土化、中国化的力作《创建中国特色的学习型社会》,此书荣获中国 2004 年图书奖。为推进“学习型组织”理论和实践作出了贡献。

上海明德学习型组织研究所成员曾多次赴德国、北欧、日本、新加坡、韩国、越南等国考察与交流,作为特邀代表参加国际管理学者协会联盟(IFSAM)’99 世界管理大会,发表论文《学习型组织的时代意义及在中国的发展》,并荣获(金质)贡献奖。

上海明德学习型组织研究所网址:www.smiloc.com.cn

目 录

学习型组织

案例

观点

学习型社会

案例

观点

学习型社区

案例

观点

附录:

学习型家庭

学习型社区方案

学习型组织

学习型组织是一种提升组织能力并促使组织改变的重要力量。学习型组织提升组织成员的能力、整合工作生活的质量、创造自由学习的空间、鼓励合作及分享成果、引发质问、并且创造更多学习机会。组织中的学习改变了成员及组织的直觉、行为、信仰、心智模式、策略、政策及方法等，进而能够促使组织系统适应环境的变迁。

——沃特金斯、马席克《21世纪学习型组织》

学习型组织可能不只是一项组织进化的工具，还是人类智力进化的工具。

——《〈第五项修炼〉导读》

学习型组织是学习型社会的一部分，它具有两项理念：第一，为组织进行学习；第二，为组织促进学习。

——列斯特《迈向共同愿景：学习型组织》

什么是"学习型组织"?

有些同志把学习型组织理解为就是十分重视学习的一种组织,其实,这是很大的误解。学习型组织理论是融合了东西方管理思想精华,当代最前沿的管理理论之一,是当今最先进的管理理论。这一理论最早发源自企业。管理专家们研究发现,在知识经济背景下,企业最核心的竞争优势,不是别的,而是学习力,就是你要有比别人学得更快的能力。真正出色的企业是那些能够使全体成员齐心协力发挥聪明才智,并有能力不断学习的企业。所以,专家们这样描述学习型组织:它是指通过培养弥漫于整个组织的学习气氛、充分发挥员工的创造性思维能力而建立起来的一种有机的、高度柔性的、扁平的,符合人性的、能持续发展的组织。这种组织具有持续学习的能力,具有高于个人绩效总和的综合绩效。学习型组织也是一个不断创新、进步的组织。在其中,大家得以不断突破自己的能力上限,创造真心向往的结果,培养全新、前瞻开阔的思考方式,全力实现共同的抱负以及不断一起学习如何共同学习。

从实践角度看,学习型组织就是通过不断学习而进行自身变革的组织,这种学习发生在个人、组织或组织之间相互作用的共同体中,而且这种学习还可以融入到工作中或与工作同时进行;这种组合起来的可以共享的学习系统,不仅导致知识、信念、行动的变化,更重要的是增强了组织的革新能力和成长动力。

学习型组织理论体现了以人为本的思想。学习型组织的真谛是全体成员全身心投入，并有能力不断学习的组织；能让成员体验到工作中生命意义的组织；通过学习能创造自我，扩展创造未来能量的组织。通过迈向学习型组织的种种努力，更可以引导出不断创新、不断进步的新观念，推动组织成长、壮大，创造光辉的未来。

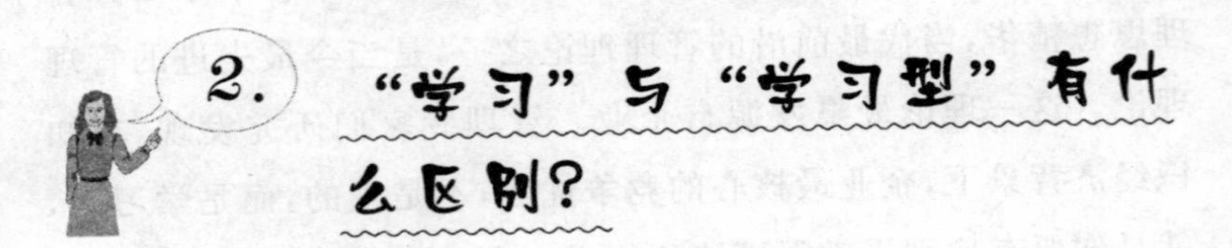

2. “学习”与“学习型”有什么区别？

“学习”与“学习型”尽管一字之差，但内涵差别很大。学者连玉明认为：学习型包括以下内涵：第一，学习型是社会发展形态层次上更高级的社会形态，在农业经济条件下，表现为农业社会，在工业经济条件下，表现为工业社会，在知识经济条件下，表现为学习型社会；第二，学习型是更适应先进生产力发展的组织管理模式，是从经验管理到科学管理，再到学习型组织管理的机制和模式；第三，学习型是与体制创新相适应的社会制度，创新是学习型社会发展的灵魂，体制创新必然推动社会持续变革，变革是学习型社会的本质特征和基本任务；第四，学习型是21世纪人们新的生活方式。学习型社会有三个基本标志：一是创建学习型社会是为适应社会发展而进行的一场促进人的全面发展的思想解放运动；二是创建学习型社会是为进一步解放生产力的体制创新；三是创建学习型社会是适应全球化背景下竞争和环境变化而进行的持续的社会变革。学习型意义并不在于单纯强调学习，而在于使学习成为社会的一种运行模式和发展方式。

学习型组织理论怎样产生和发展起来？

1965 年，“学习型组织”这一概念是美国哈佛大学佛睿思特教授在《企业的新设计》一文中首先提出的。他运用系统动力学的原理构想出了学习型组织的一些基本特征：组织结构扁平化、组织信息化、组织更具开放性、组织不断学习、不断调整组织内部的结构关系等等。

1965 年 12 月，时任联合国教科文组织（UNESCO）成人教育局局长的法国人保罗·朗格朗完整地提出了终身教育思想的构想。

1968 年美国学者赫钦斯（R. B. Hutchins）出版了《学习社会》一书，这是学习型社会概念的首次提出。在该社会里，“每一个公民享有在任何情况下都可以自由取得学习、训练和培养自己的各种手段。”

1970 年，保罗·朗格朗出版了《终身教育导论》。

1972 年，由联合国教科文组织委任的国际教育发展委员会公布了著名的调查报告《学会生存：教育世界的今天和明天》。这标志着朗格朗提出的终身教育理论得以正式确认。终身教育理论被作为与国际教育年有关的 12 大主题之一向所有成员国推荐。

20 世纪 70 年代初，联合国教科文组织明确提出了“创建学习型社会"目标。

20世纪70年代末80年代初，终身学习、终身教育的思想开始在我国被接受并逐渐被应用到教育实践中去，推进了我国教育体制的改革和发展。此时，这一理念已为许多不同社会制度的国家所广泛接受，

1976年，美国颁布《终身学习法》，又于1994年签署了《目标2000：美国教育法案》。

在20世纪80年代初，佛睿思特的学生彼得·圣吉（Peter M. Senge）一直致力于研究如何以系统动力学为基础来建立一种更理想的组织。他汇集一群有崇高理想的杰出企业家至麻省理工学院。在近十年的时间里，他们对数千家企业进行了详细的研究，对一批企业作了辅导，从而积累了很多成功案例。在深入研究企业管理的发展过程中，彼得·圣吉经过总结提炼，使学习型组织这一管理理论更加系统，更加完整，并创立了"五项修炼"模型。1990年，彼得·圣吉在所著《第五项修炼》中首次将"学习型组织"理论化、系统化。他认为，未来最成功的企业将是学习型组织。随着《第五项修炼》一书的持续热销，学习型组织理论得到了广泛的传播，许多国家、政府及行业企业关注这一理论，建立学习型组织也成了潮流。

1990年，日本颁布了《终身学习法》。1994年11月，在"首届世界终身学习会议"上，日本突出强调了"终身学习是21世纪的生存概念"。

美国学者托米勒则在其《未来的冲击》(1994)提出：超大型工业化教育应是终生教育：学习一个时期，去工作；工作一个时期，又回去学习。

1995年3月通过的《中华人民共和国教育法》规定"国家鼓励学校及其他教育机构、社会组织采取措施,为公民接受终身教育创造条件"。在教育部1998年12月24日制定的"面向21世纪教育振兴行动计划"中更明确提出到2010年,"基本建立起终身学习体系,为国家知识创新体系以及现代化建设提供充足的人才支持和知识贡献"的目标。

学习型组织的兴起,是随着全球经济的发展、管理科学理论研究的创新以及国际社会的变迁而逐渐发展的。学习型组织是知识经济时代的产物。

4. 学习型组织有哪些特征?

学习型组织讲求持续的学习、与工作相结合的学习,强调学习是一种演进的过程,而不是终结状态,强调把学习和工作系统地、持续地结合起来。学习型组织拥有终身学习的理念和机制;拥有开放的学习系统;形成了学习共享与互动的氛围;具有实现共同愿景的不断增长的学习力;工作学习化,成员在工作中享受生命意义;学习工作化,组织在学习中不断创新发展。学习型组织主要特征有:

· 组织成员拥有一个共同的愿景。组织的共同愿景,来源于员工个人的愿景而又高于个人的愿景,朝着组织共同的目标前进。

· 组织由多个创造性个体组成。在学习型组织中,团队是最基本的学习单位，团队本身应理解为彼此需要他人配合的一群人。组织的所有目标都是直接或间接地通过团队的努力来达到的。

·善于不断学习。这是学习型组织的本质特征。所谓“善于不断学习”，主要有四点含义：一是强调“终身学习”；二是强调“全员学习”；三是强调“全过程学习”；四是强调“团队学习”。

·扁平式组织结构。传统的企业组织通常是金字塔式的，学习型组织的组织结构则是扁平的，即从最上面的决策层到最下面的操作层，中间相隔层次极少。它尽最大可能将决策权向组织结构的下层移动，让最下层单位拥有充分的自决权，并对产生的结果负责，从而形成扁平化的组织结构。例如，美国通用电器公司目前的管理层次已由9层减少为4层。只有这样的体制，才能保证上下级的不断沟通，下层才能直接体会到上层的决策思想和智慧光辉，上层也能亲自了解到下层的动态，吸取第一线的营养。

·自主管理。学习型组织理论认为，“自主管理”是使组织成员能边工作边学习并使工作和学习紧密结合的方法。通过自主管理，可由组织成员自己发现工作中的问题，自己选择伙伴组成团队，自己选定改革进取的目标，自己进行现状调查，自己分析原因，自己制定对策，自己组织实施，自己检查效果，自己评定总结。

·组织的边界将被重新界定。学习型组织的边界的界定，建立在组织要素与外部环境要素互动关系的基础上，超越了传统的根据职能或部门划分的“法定”边界。例如，把销售商的反馈信息作为市场营销决策的固定组成部分，而不是像以前那样只是作为参考。

·员工家庭与事业的平衡。学习型组织努力使员工丰富的家庭生活与充实的工作生活相得益彰。学习型组织对员工承诺支持每位员工充分的自我发展,而员工也承诺对组织的发展尽心尽力作为回报。这样,个人与组织的界限将变得模糊,工作与家庭之间的界限也将逐渐消失,两者之间的冲突也必将大为减少,从而提高员工家庭生活的质量(满意的家庭关系、良好的子女教育和健全的天伦之乐),达到家庭与事业之间的平衡。

·领导者是设计师、仆人和教师的新角色。在学习型组织中,领导者的设计工作是一个对组织要素进行整合的过程,他不只是设计组织的结构和组织政策、策略,更重要的是设计组织发展的基本理念。学习型组织有着它不同凡响的作用和意义。它的真谛在于:学习一方面是为了保证企业的生存,使企业组织具备不断改进的能力,提高企业组织的竞争力;另一方面学习更是为了实现个人与工作的真正融合,使人们在工作中活出生命的意义。学习型组织的领导者是组织共同愿景的仆人,他以自己的表率行动影响员工。学习型组织的领导者是组织学习的教练,他告诉下属的是方法,而不是答案。

5. 什么是终身学习的理念?

联合国国际21世纪教育委员会主席雅克·德洛尔在其著作《论未来的教育》中提出一个“终身学习”的新概念,即:人的学习不能只限于人生的某一个时期,而应该终身接受教育,至少自我学习自我提高的使命要穷其一生。这个被誉为教育史上“哥白尼革命”的论断再清楚不过地告诉我们:上一次大学受益终生的时代已经一去不复返了,取而代之的只能是“终身学习”的时代。“终身学习”不仅将会成为(而且也必须成为)人们整个生活的重要内容,而且融入社会的方方面面,成为人们的一种生活方式,也成为任何组织的理念和生存方式。

你是个学生,就得学会学习,高效率地接受新的知识,培养创新的习惯;

你是个领导,就得学会新的管理思维和方法;

你是个工人,就得适应产业结构的变化,学习新的技能;

你是个商人,就得学习新的经营理念;

即使失业了,还得学习新的知识以便竞争新的岗位。

终身学习,是摆在我们面前的生存必修课。

6. 什么是开放的学习系统?

系统的结构往往决定了系统的运作机制,组织中只有建立了多元回馈系统,才能取得最优的时间和最多的信息渠道,对隐藏在行为背后的问题进行更全面的反思、改善。

开放式学习系统,能将多种学习资源和学习应用软件进行无缝整合,学习功能很强,相对于目前的学习系统,只需要花更少的学习时间和更少的努力就能取得更好的效果。有学习共享和互助的氛围。

今天人类已经进入信息时代,学习型组织理论是信息时代的管理理论。我们今天要创建学习型组织,就要充分利用今天信息网络技术来搭建一个学习的架构,支撑整个企业的学习,通过信息网络技术不断地给每个人以信息反馈,让每个人、每个团队都知道自己在企业的发展中起的是正效应还是负效应。个人或团队为了生存发展会调整自己,因为他会反思,这是最重要的学习。

7. 什么是形成学习共享与互动的组织氛围?

著名作家肖伯纳曾说过:你有一个苹果,我有一个苹果,我们交换一下,各人永远是一个苹果。你有一个思想,我有一个思想,我们交换一下,我们至少有两个以上的思想。所以,学习组织强调知识交流共享,共享学习是学习组织企业文化的又一特征。在学习型企业里,知识与经验共享,学习型企业是具有共享文化的企业。

微软非常讲究知识交流共享。哪个部门把学习交流共享系统建立起来了,微软就承认这个部门已经是学习型组织。微软认为:员工应该相互支持,成果共享,知识共享。学习型组织要求全体成员持续地学习,不断地自我创造,对于瞬息万变的市场起伏具有极强的适应能力。

8. 什么是具有实现共同愿景的不断增长的学习力？

具有实现共同愿景的不断增长的学习力是学习型组织的要素之一。

“共同愿景”是指鼓舞组织成员（企业员工）共同努力的愿望和远景。包括共同的目标、价值观和使命感三个要素。企业共同愿景分为企业愿景、车间愿景、班组愿景和个人愿景。

在共同愿景的指引下，组织具有不断增长的学习力。

组织的核心学习力三要素

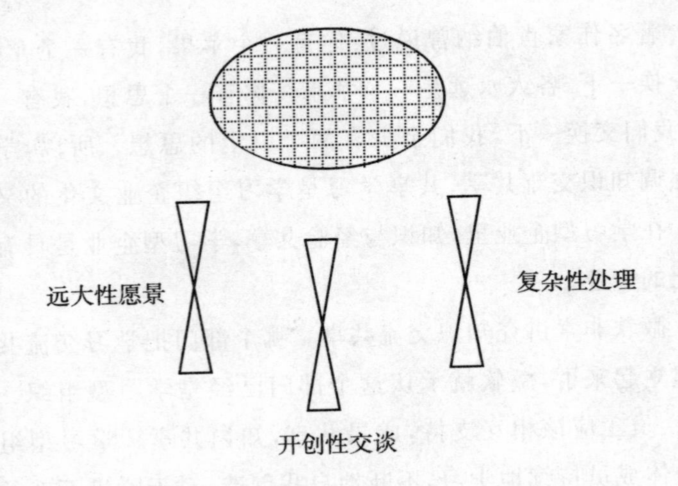

这三要素像台子的三只脚，支撑整个台面。

9. 怎样理解工作学习化使成员活出生命意义？

以前，人们更多地把工作当作绩效的表现，认为工作就是为了把事情做好，对工作的评价往往用成功或失败来衡量。学习型组织要求把学习与工作相结合，把过多强调结果的得失转向结果与过程并重，开始重视过程的丰富多彩和兴趣盎然，在工作中积极寻找“学习”、“乐趣”、“绩效表现”三者的有机结合和综合平衡点，把工作的意义看作是实现自身的价值，体悟生命的意义。对“工作”的重新认识，将改变人在工作中的整个心理状态和精神面貌，使得人面对工作时更有兴趣、激情、愿望、创造性以及自我负责的精神。

10. 怎样理解学习工作化使组织不断创新发展？

很多成功的企业证明：在组织创造良好的环境和正向激励机制的情况下，员工非常乐意从解决身边的问题开始，逐渐步入“学习工作化，工作学习化”的轨道，进入“发现问题，解决问题，锻炼自己，提高自己”的良性循环。同时，员工对自己岗位工作的发展方向、发展动态最为关注，在现在信息化程度很高、知识越来越透明的前提下，员工完全有可能把自己的工作当作学问来研究，得出明确的前进方向。

“学习工作化”就是指将学习视为一项必要的工作，每天不断地学习，如同认真工作时所投注的心力般积极进行，并培养出即时学习、全程学习的习惯。

对待学习要像对待工作一样，有目标、有计划、有措施、有检查。

把学习的内容与实际工作相结合，把自己从事的工作当做学问来学习、研究，形成创新力。

我们的很多员工，问他们来公司干什么，他们会很明确地回答是来工作、来生产的。学习型组织理论告诉我们，这种回答只答对了 1/3。

在巴西召开的世界第六次继续教育大会上，专家们对今天的现代企业确定为“三位一体”的组织，即企业一是产品的生产者；二是科研主题；三是学习组织。所以今天员工来上班，不仅仅是工作，而要做三件事：生产（工作）、学习和研究创造。

11. 什么是自主管理？

学习型组织理论认为，“自主管理”是使组织成员能边工作边学习并使工作和学习紧密结合的方法。通过自主管理，组织成员可以自己发现工作中的问题，自己选择伙伴组成团队，自己选改革、进取的目标，自己进行现状调查，自己分析原因，自己制定对策，自己组织实施，自己检查效果，自己评估总结。团队成员在“自主管理”的过程中，形成共同愿景，能以开放求实的心态互相切磋，不断学习新知识，不断进行创新，从而增加组织快速应变、创造未来的能力。

12. 学习型组织所指的活出生命意义是什么？

学习型组织的真谛是让每一个人都活出生命的意义。生命的意义在于追求日新月异，永不满足。立足今天、反思昨天，把握今天、前瞻明天；思维领先一步，创新超出大步。用未来的眼光办今天的事，今天别人没想到的，我们已经想到了；别人想到的，我们已经开始做了；别人开始做的，我们已经做得较为出色了。

学习型组织的真谛在于使组织成员在组织中“逐渐在心灵上潜移默化，而活出生命的意义”。在学习型组织中，员工能够快乐地工作。快乐工作文化就是要为员工创造一种快乐工作的氛围，用企业的共同愿景激励员工的积极性，激励员工的创造性，使员工能够充分发挥个人潜能，在为企业创造出最大的价值的同时实现个人生命意义。

13. 怎样才能快乐工作？

要做到快乐工作，第一，必须学会感恩。所谓学习型组织应该是这样一个组织：作为员工要懂得感恩——组织对我的培养，企业对我的栽培。只有懂得感恩的人才是有品德的人。作为企业的领导要感恩——员工为企业的发展做出了贡献。第二，要学会善念管理。面对一件事情，我们一般能看到两个方面。一种是始终以善良的积极的心态去思考问题，另一种是始终以一种消极的心态去看待问题。学习型组织强调：我们对人要学会感恩；对物要学会珍惜；对事要学会尽心；对己要学会克制。这样的人才是成功的人。一个团队如果互相都能看到对方的优点，互相都为对方的成功鼓掌，这个团队就是天堂。一个团队看到对方都是缺点，别人有点成就就心里不舒服，即使工资再多，生活在这样的团队也是很痛苦的。第三，还要学会包容管理。这里有两句话，第一句是"一个一辈子不犯错误的员工不是好员工"。当然这个错误是为了企业的发展，试验新的项目，可能失误。第二句话是"一个第二次重犯同样错误的员工也不是好员工。"我们领导者都追求完美，而要真正做到完美，就必须不断创新。因此，也就必须不断进行试验，包括制度改革、科技试验、产品研发等等。既然必须试验，你就必须能容忍别人的错误，学会包容别人的失误。一个组织没有包容氛围，出一点错误大家都指责他，别人就不敢试验，不能创新，最后组织就僵化。

14. 学习型组织强调的学习是什么学习？

我们中国人是非常重视学习的。孔夫子说过："学而时习之，不亦悦乎。"一般意义上的学习，是指通过阅读、听讲、研究、实践等途径来获取知识或技能。"学"是基础，"习"是深化，二者不可或缺。

学习型组织的“学习”已超越一般意义上的学习，它是一种发自心灵、沟通心灵并使之相互交融的学习，人们的思维方式和心理素质可以在这种学习中得到调整和提高；更重要的是这种学习还能以一种文化的力量作用于人的人体和群体，使之迸发出新的向往和行为。

学习型组织强调学后要有新行为，英语“学习”(learn)一词来源于印欧语系 leis，意为“轨迹”或者“车辙”、“犁沟”。“学习”作主动词，指的是通过追寻足迹来获得经验而增加能力。

学习有三个层次，造就三种人：

——学习已有的知识，造就有知识的人。

——学习发现已有知识的工具和本领，造就有本事的能人。

——学习发现未知领域知识的能力，造就有智慧的智者。

学习型组织的学习还强调：终身学习、全员学习、全过程学习、团队学习。

学习型组织与传统组织有何区别？

当今世界上所有的企业，无论遵循什么理论进行管理，不外乎两种类型：一类是“等级权力控制型企业”；另一类是“非等级权力控制型企业”，即“学习型企业”。

所谓“等级权力控制型企业”，是以等级为基础，以权力为特征的，对上级负责的垂直型的“金字塔”系统。它强调以“制度控制"使人"更勤奋地工作",达到企业产值、利润增高的目标。

传统类型组织与学习型组织差异

	传统型组织	学习型组织
组织文化	个人主义 成员之间相互冲突 专权 封闭系统	集体主义、强调自我的社群本质 寻求合作、成员之间相互同化分 权、高度的参与式开放系统
组织价值观	个人价值观 最大或令人满意的利润 把职工看成是一种 经济需要的手段	集体价值观和集体责任感 实现共同愿景、强调整体重要性 员工不是手段而是目的,他们是 为了自我实现而进入组织的
组织生命力	生命周期短 不能适应环境的变化	生命周期长 较强的应变能力

为什么学习型企业优于等级权力控制型企业?

	等级权力控制型企业	学习型企业
领导者	思考、决策 (主动、易盲目)	思考、决策 (民主、科学)
被领导者	行动 (被动、易消极)	思考、行动 (上下互动、主动、明了、积极)
结果	领导者 ↓ 被动、等待 ↓ 低效、低质	没有现成答案 ↓ 主动、创造 ↓ 高效、高质
管理思想	强调集中控制 ↓ 管理重心上移	强调基层为主 ↓ 管理中心下移
管理结果	命运在别人手中 ↓ 侵蚀学习力、创造力	命运在自己手中 ↓ 增强学习力、创造力

从以上的比较可以看出，学习型企业的优势，不仅在于企业的产值、利润，更在于提高整个组织的学习力、创造力和群体智商，促使企业自我超越，持续创新。学习型组织的真谛是让每个员工活出生命的意义。

16. 学习型组织中讲的反思是什么？

“反思”这个词由来已久：我国古代就有“扪心自问”、“吾日三省吾身”等说法。

学习型组织认为，反思是最重要的学习，一个善于反思的人才是一个品格高尚的人；一个肯于反思的企业才是值得合作的企业。

在一个企业里，不怕出现问题，就怕不能正确对待问题。有的企业处理问题时，这个部门推那个部门，那个部门推这个部门，这就不是学习型组织。学习型组织里出了问题，这个部门首先要反思自己，我哪里没有做好？那个部门也反思自己，我们配合不力，怎么调整自己？这才是学习型组织。经过这样的反思，修正决策中不妥的地方，再开始行动。行动当中还有行动反思。学习型组织强调：决策层要决策反思，执行层要行动反思，这两个反思是最重要的学习。

17. 为什么说反思需要时间?

反思需要时间。例如,一个人要想改善心智模式,就要花相当多的时间来推出假设,检验这些假设的一致性与准确性,并能看清各种不同的心智模式如何交流起来,从而形成对于某些重要问题更整体的看法。而真正的学习又必须在反思中学习,从而培养精益求精、不断循环改进的能力,这就叫做“行动中反思”。这是成功的学习者所必须具备的一种特殊能力。

在学习型组织中,一定要给学习和反思留下时间。只有当管理者用很多时间花在反思上,他们的学习时间也就自然而然地被“创造”出来了。

但是,许多管理者整天东忙西忙,根本无法在行动中反思。即使有充足的时间,仍然未能用心地反思自己的行动。当一项决策遇到问题时,从不检讨为什么决策有问题。所以对管理者而言,检讨自己用在反思的时间有多少,是非常有用和十分必要的。

18. 什么是组织学习?

组织学习可以分为三个方面:

个人学习,主要是指个人的认知学习、技能学习和情感学习。

团队学习，是由员工和管理层组成的一个共同体，该共同体合理利用每一个成员的知识和技能协同工作，解决问题，达到共同的目标。

组织学习，是在团队基础上进行的，众多团队都变成整个组织的学习单位，并建立起整个组织一起学习的风气，才会实现整个组织的学习。组织学习比个人学习、团队学习的目标更明确，效果要超过个人学习效果的总和。

组织学习＝反馈＋反思＋共享

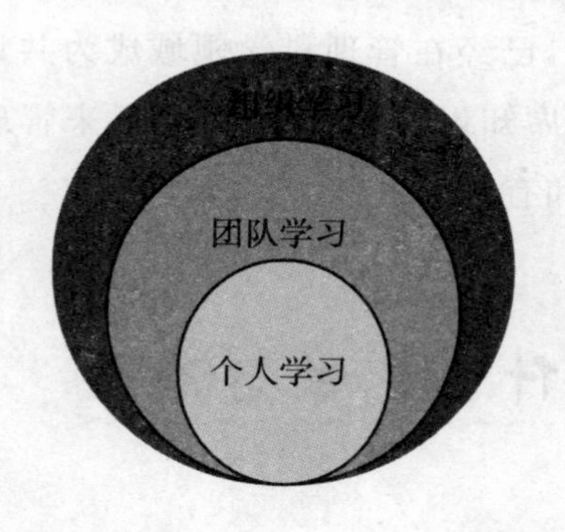

20 世纪 60 年代，在国际学术界，一些心理学、政治学、社会学、管理学、历史学等多学科的专家开始对组织学习问题进行研究。90 年代后期，随着对知识管理的重视程度在全球范围内的提高，人们更加清楚地认识到：虽然在全民学习、终身学习的时代，组织中的个人也都在努力学习，但组织学习绝不等于组织中个人学习的简单相加。组织学习是组织根据自身发展战略的要求，通过各种途径和方式，不断获取知识，在组织内部传递知识并创造出新知识，以不断增强组织自身实力并产生相应效能的过程。组织在这个过程中对知识进行阐释、运用，并把它储存到组织记忆中去。知识是一个组织的无形资源与财富，组织的学习能力和对知识的创新能力对组织的发展至关重要。个人在组织中共同分享知识和创造新知识，个人在组织中的学习服从组织发展战略的要求。彼得·圣吉认为学习型组织是未来知识经济时代的“金矿”。组织成员必须不断学习、不断创新，才能适应未来社会中组织的角色和工作方式的不断巨变。学习的真正目的是拓展创造力，而学习型组织就是一个具有持续创新能力、能不断创造未来的组织。现在，一个组织的学习能力属于它的核心竞争力的观点，已经在管理科学领域成为共识。越来越多的公司开始设立首席知识官(CKO)的职位，来管理企业的知识资产的发展、开发和有效利用。

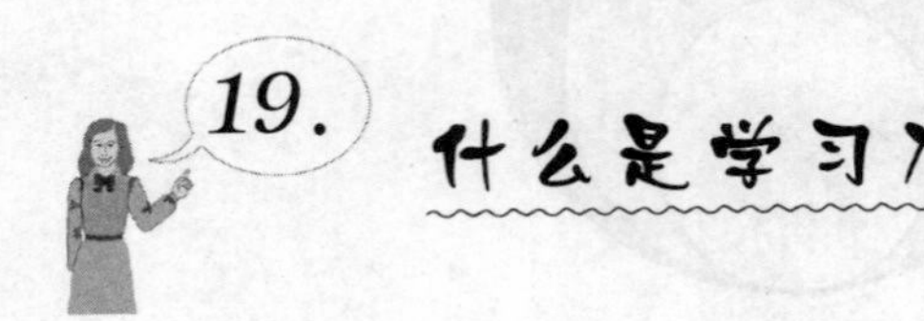

19. 什么是学习力？

学习力指一个组织或团队学习成果转化的能力。对个人而言，是人的学习态度、学习能力和终身学习的总和。这种能力主要体现在更新自我、推进创新和变革社会的效果上。学习力包括学习动力、学习毅力、学习能力、学习效率和学习转化力。其中，动力主要是由目标产生的，毅力是由意志决定的，能力是靠培养形成的。只有当这些要素有机地结合在一起时，才能形成现实的学习力。

学习力有三要素，学习力＝动力×能力×毅力

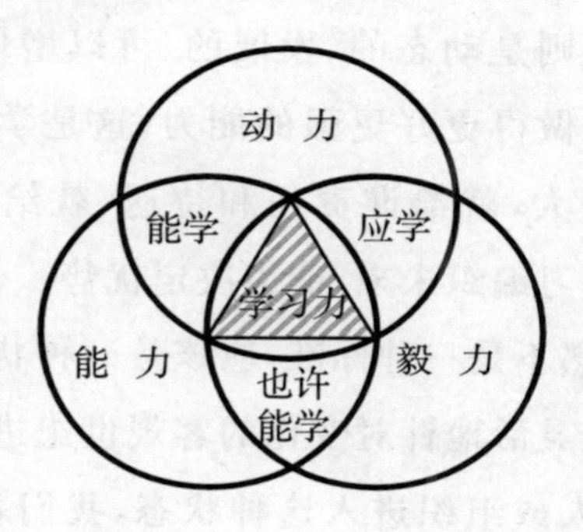

学习动力、学习能力和学习毅力三者缺一不可，如果其中某一项为零，则整个学习力也为零。

学习力是动态过程

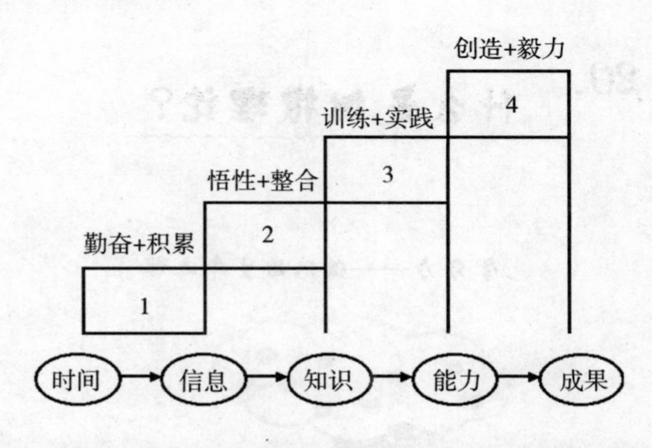

学习需要花时间，还需要勤奋，这样的积累会转化为信息，再通过学习者的悟性加整合会转化为知识。知识是从大量信息中获取的对你有价值的信息，也就是对大量信息有目的的筛选。再通过一段时间的训练与实践，知识再转化为能力，再通过创造加上坚持不懈的毅力，就会产出成果。

21世纪是注重能力的时代。学历是静态的、暂时的、可能贬值的，而学习力则是动态的、发展的、可以增值的。比学得更快更好的能力，比做得更好更强的能力，这是学习型组织的“内化力”。谁的能力大，就给谁责任和待遇，就给谁荣誉和地位。知识改变命运，学习编织未来，能力决定优势。

学习力的成熟不是一种标准，应该是一种状态：一个组织或人能够最大限度、灵活地针对变化的客观世纪进行有效的、自觉地学习。当一个人或组织进入这种状态，我们就可以称其具有成熟的学习力。

学习型组织是一个全体成员全身心投入，并有持续增长的学习力的组织。

20. 什么是树根理论？

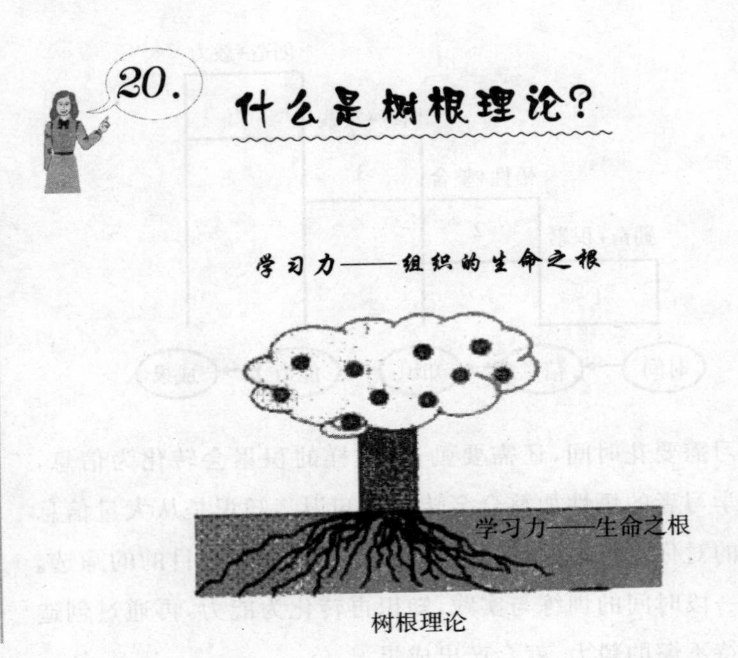

树根理论

如果将一个组织或人比做一棵大树，学习力就是大树的根，也就是他们的生命之根。有的树看上去枝繁叶茂，果实累累，但没有重视树根，结果某一天突然发现大树枯萎了，一检查原因在树根烂了，此时再想挽救就相当困难了。

树根理论告诉我们，评价一个组织或人在本质上是否有竞争力，不是看这个组织或人取得了多少成果，而是要看这个组织或人具有多强的学习力。这就像我们观察一棵大树的生长情况一样，不能只看到大树郁郁葱葱、果实累累的美好外表，因为无论有多么美的外表，如果大树的根已经开始腐烂，那么眼前的这些繁荣景象很快就会烟消云散。

所以，一个组织或人短暂的辉煌并不能说明其具有足以制胜的竞争力。只有学习力才是生命之根，组织或人一定要精心培植自己的根，让它越来越深厚、越来越牢固。只有这样，才能在以后可能遭遇的风雨中挺立不倒。

什么是五项修炼？

“修炼”一词，是我国道家的一种理念，主要指人的内心自我完善。其本义有积极的一面。彼得·圣吉对中国传统优秀文化很赞赏，在他的《第五项修炼》一书中，引用了我国老子“无为而治”的思想。“五项修炼”是彼得·圣吉总结的创建学习型组织的一种模型：第一项修炼——自我超越；第二项修炼——改善心智模式；第三项修炼——建立共同愿景；第四项修炼——团队学习;第五项修炼——系统思考。

五项修炼构成创建学习型组织的基本工具和方法,它们不是五个相互并列、互不相干的修炼项目,相反,是相互依存、互相促成的,而第五项修炼——系统思考则是创建学习型组织的核心。五项修炼奠定了学习型组织理论、工具和方法的基石,以五项修炼作为创建学习型组织之抓手,并贯穿创建活动之全过程,定能收到良好的效果。通过五项修炼创建学习型组织的成功案例不胜枚举,如美国微软、通用电气、中国上海宝钢、中美上海施贵宝、上海联华超市、江淮汽车等都是成功的典范。山东莱芜钢铁集团炼钢厂通过开展五项修炼创建学习型企业,以系统思考为创建的切入点,整合五项修炼,设计了创建学习型企业"五步曲",使企业改革发展取得显著成效。

什么是自我超越?

自我超越使人们不断扩展自己创造生命中真正心之所向的能力,它以个人追求不断学习为起点。以自我学习为基础,修炼是出自内心的自觉行为。自我超越强调自我,因为无论是一个组织或个人,发展变化内因是第一位的,是根据;外因很重要,但它是第二位的,是条件。

自我超越,要把工具性工作观转变为创造性工作观。一个员工假如他把工作看成换取报酬的工具,他的创造力就不大了。如果一个员工认为工作就是为了发挥自我才能,创造一个美好的人生，创造一个美好的事业，这样的员工才可能具有很强的创造力。

自我超越，要向极限挑战。许多员工都想超越极限向上发展。问及他们发展中最大的障碍是什么？有的员工会告诉你：是上司，是所处的环境，是组织现有的体制。学习型组织理论告诉你：一个人发展的最大障碍既不是上司，也不是所处的环境，而是人自己头脑里的极限。人们最普遍的极限是自我极限。什么是自我极限？如：年轻人最大的自我极限认为自己年轻，认为这么多年纪大的老同志都不能解决的问题，自己能解决吗？学习型理论告诉我们，有这种想法的年轻人是成不了大事的。不是领导不让做，不是环境不允许，而是自己被头脑里的这个“极限”框住了。研究证明，人的黄金年龄有两个，一个是28岁左右，一个是55岁左右。牛顿发明微积分时只有22岁；爱迪生发明留声机时只有29岁；马克思、恩格斯发表《共产党宣言》时，马克思30岁，恩格斯28岁。世界上著名科学家的第一项发明61%在25岁以前。人每时每刻都应清除一下大脑里的极限。许多极限是自己设置的，妨碍了你的成功，可是自己还不知道。为什么没做成？是因为你给自己设置了种种极限。

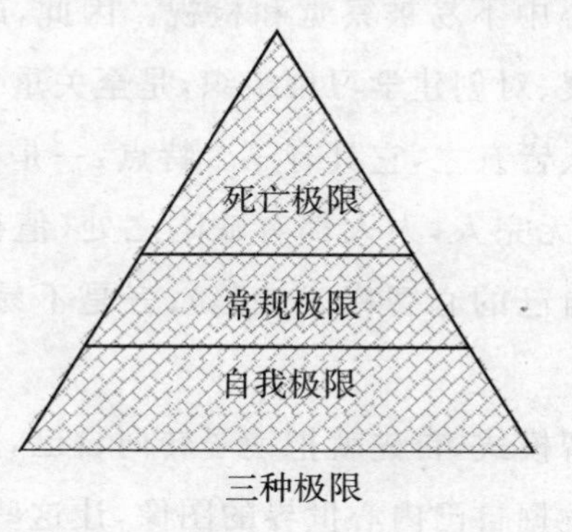

三种极限

人的第二种极限是常规极限。所谓常规极限就是人们的一般思维规则。譬如,莱特兄弟幻想人类也可以飞上天,当时被人们料定为不可能,但他们敢于向常规挑战,终于发明了飞机。海尔洗衣机很有名,而四川农村的用户却反映不好用,下水管老是堵塞。公司就专门派技术人员到四川农村调查研究,一看傻眼了,农民用洗衣机来洗地瓜。海尔的老总说必须把这个问题解决掉。于是海尔的洗衣机不仅能洗衣服还能洗地瓜,占领了四川农村市场。

组织或人的最高极限是死亡极限。企业要成功,要敢于向死亡极限挑战,突破死亡极限就有新的机会了。

23. 什么是心智模式?

所谓心智模式,就是指组织或人们的思想方法、思维习惯和心理素质等,它影响着组织或人们的认知方式和行为模式,但又常隐藏在人们心中不易被察觉和检视。因此,改善心智模式对组织的改革发展、对创建学习型组织,是至关重要的。

心智模式人皆有之,它具有三个特点:一是根深蒂固于每个人心中;二是人无完人,人人都有缺陷之处(值得注意的是大多数人不易察觉自己的心智模式缺陷);三是不易被察觉,自我感觉良好。

要改善心智模式,首先就把镜子转向自己,这也是心智模式修炼的起步。发掘自己内心世界的图像,让这些图像浮上表面,并严加审视。

其次，必须学会开放心灵，容纳别人的想法。开放心灵是指摊开心中的、自己言行背后的真实想法，以利于有效地审视自己的心智模式，即通过对言行的反思发觉自己思维方式、潜意识及心理素质中隐藏的瑕疵。

第三，必须学会沟通和探询的学习技巧。沟通的目的在于建立相互之间的了解、理解、信任和友爱关系。只有在双方都能开放心灵和容纳对方的想法，并且都在一个共同愿景奋斗的情况下，沟通才是最有效的。

简单来说，改善心智模式，就是要求我们改变固有的思维习惯，通过不断学习有效表达自己的想法，并以开放的心灵容纳别人的想法。

什么是共同愿景？

共同愿景，简单地说是组织所有成员的心声："我们想要创造什么？"它是组织中人们所共同特有的意象或景象，创造出众人一体的感觉，它主导组织的全部活动，使各种活动融汇统一起来。当人们真正认同共同愿景时，这个共同的愿望会将他们凝聚起来，并产生一股源自人们内心的强大组织力量。

共同愿景是组织全体成员的个人愿景的整合，反映员工心中共同的愿望，它遍及组织全面的活动，而使各种不同的活动融会起来。

共同愿景对学习型组织至关重要，它能为学习聚集、提供能量。只有当人们致力于实现共同的理想、愿望和共同关注的愿景时，才会产生自觉的创造性的学习。它培养成员主动而真诚地奉献和投入，而不是抱怨改革以及被动服从领导的个人愿景。共同愿景不是一个想法，而是集体感召的力量。

共同愿景有三个要素：目标、价值观、使命感

目标是指组织究竟要“追寻什么样的共同愿景?”即建立人们心目中真正想要实现的组织具体景象。目标为个人成长和组织发展指出明确的方向。

价值观是指“为何追寻这共同愿景”，即在实现愿景的过程中，人们一切行动的最高依据和全体成员在日常生活中的共同行为准则。

使命感是回答“为何追寻这共同愿景?”的问题，它反映个人和组织对社会、国家和世界所希望贡献的是什么。

共同愿景三个层次：组织大愿景、团队小愿景、个人愿景

组织大愿景：组织发展的共同景象。很多组织的领导都很重视组织的大愿景，因为组织愿景能够产生巨大的感召力量。

团队小愿景：团队是组织中的基本单位。许多企业的领导有很好的决策思想，能提出很好的组织大愿景，但是往往疏忽了团队的小愿景。学习型组织领导不但要关注整个组织大愿景，同时也要非常注意团队小愿景的建设，让团队小愿景来支撑组织大愿景的实现。

个人愿景：“个人愿景”是人们心中或脑海中所持有的意象或景象。我们要建立“共同愿景”就必须先鼓励“个人愿景”，如果人们缺乏“个人愿景”的话，就更谈不上建立“共同愿景”了。

"共同愿景"并不是找"个人愿景"中的共同点，而是将"个人愿景"中的实质加以提炼、汇聚而成的。因而"共同愿景"能反映每个人"个人愿景"中的实质。如果"共同愿景"不切合"个人愿景"的实际，这样"共同愿景"会显得空洞，而失去了人们的热情和支持，也不会让人真正地投入其中，为之奋斗和奉献，这样的"共同愿景"便失去了意义。

学习型组织的愿景要求三个层次的愿景能综合为一体，这样组织就会产生巨大的力量。

25. 什么是团队学习？

团队学习是整个组织学习的一个基本学习单位。团队学习的过程是发展团队成员整体搭配与实现共同目标能力的过程，是发挥团体智慧，使学习转化为现实生产力。团队学习建立在发展"共同愿景"和"自我超越"基础上，它不仅承接了由"共同愿景"和"自我超越"产生的目标一致和个人才能增长的有利的条件，而且团队学习的智力开发效果是个体学习所无法比拟的。团队学习产生的学习能力将大大地超过团队中各人学习能力的总和，团队学习中人们的情感交流、信息共享、智慧互动、思维碰撞会提升每个人的认识，缩短人与人之间的心理距离，有利于促进组织凝聚力和创造力的提高。

形成"整体配合"是开展团队学习的精髓。也就是说，开展团队学习，由于团队成员理解彼此的感觉和想法，因此能凭借完善的协调，发挥出综合效率。

两千多年前，孔子提出了“君子和而不同的思想”。和，主要是指多样性的统一，和谐而又不千篇一律，不同而又不相互冲突。和谐以共生共长，不同以相辅相成。在学习型团队中，人与人之间更多的是要以一种开放的心态，优势互补，以提升团队共同的成绩为自己的荣誉。与自己不同的并不是错的，“海纳百川，有容乃大”。有一个新龟兔赛跑的故事：先是兔子驮着乌龟跑，到了河边，乌龟又驮着兔子过河，结果是双赢。团队合作是一种现代心理素质，在合作中竞争，在竞争中合作。知识经济时代，一方面人的工作和生活更趋个性化；另一方面社会发展更具社会化，每个人独立从事的工作是更大的整体工作的一个组成部分，离开合作大事难成。

促进个人学习与加强团队学习结合。以个人学习为基础，以团队学习为重点，相互促进，通过团队学习，使团队智商高于个人智商之和，最终产生1+1>2的效果。

团队学习的智障是“习惯性防卫”，哈佛大学学者阿吉瑞士研究指出：在压力之下，大多数团队会出现智障。习惯性防卫就是一例典型的代表，是一种“说实话的恐惧”，是一种“自设的保护壳”，用以保护自己或他人免于因说真话而受窘或感到威胁。主要表现为四种妥协：

一是为了保护自己，不提没有把握的问题；

二是为了维护团结，不提分歧性的问题；

三是为了不使人难堪，不提质疑性问题；

四是为了使大家接受，只做折中性结论。

什么是系统思考？

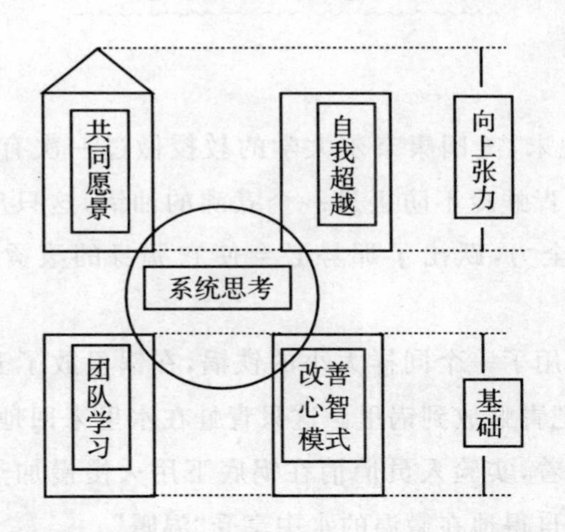

系统思考是五项修炼中一项核心修炼，也是学习型组织理念萌发、形成的根基。

系统思考，通俗地说，就是学会全面、本质、动态地看问题，是一种符合事物客观实际的思维方法，是一种高超的思维艺术。其精义在于能够看清事物全貌，并掌握其中关键。

系统思考告诉我们，影响人们行为的一些关键性关系，不是存在于人与人之间，而是存在于被成为“系统结构”那些关键性的变数之间。

系统思考最大的好处，在于帮助我们在复杂的情况下，在各种可行的方法中，寻找有效的高杠杆解。事实上，系统思考的艺术在于把许多杂乱的片段结合成为前后一贯的“故事”，明白指出问题的症状结，以及找出最有效的对策。

27. 什么是青蛙现象？

19 世纪末，美国康奈尔大学的教授做过一次有名的实验。他们把一只青蛙冷不防丢进一个煮沸的油锅，这只反应灵敏的青蛙，用尽全力，跃出了那势必会使它葬身的滚烫油锅，安然逃生。

他们使用了一个同样大小的铁锅，在锅里放了五分之四的冷水，然后把青蛙放到锅里。这只青蛙在水里来回地游动着，悠哉悠哉。接着，实验人员悄悄在锅底下用火慢慢加热。这只青蛙仍旧悠然自得地在微温的水中享受"温暖"。

随着时间的推移，温度在慢慢升高，等这只青蛙开始本能地感到水温已经无法承受时，想跳出去，可是一切都为时已晚，只能躺在水中，终致葬身在沸腾的水锅里。

这就是学习型组织管理理论中著名的青蛙现象，它提示我们：我们组织生存的主要威胁，往往并非出自突发事件，而是由缓慢、渐近的过程形成。人们往往对于突如其来的变化可以从容面对，对于悄悄发生的重大变化丧失察觉能力。

28. 什么是蝴蝶效应？

1961 年冬天，气象学家洛伦兹在一次科学计算时因为对初始输入数据的小数点后第四位进行了四舍五入，而造成了输出结果与上一次的较大偏离，使前后计算结果的两条曲线相似性完全消失了。洛伦兹在一次演讲中提出了这一问题，即为“蝴蝶效应”。他认为，在大气运动过程中，即使各种误差和不确定性很小，也有可能在过程中将结果积累起来，经过逐级放大，形成巨大的大气运动。就象蝴蝶在巴西海岸产生的微弱气流，经过逐步演变，最终有可能在美国的德克萨斯州形成一场飓风，造成巨大的灾难。“蝴蝶效应”所要表达的意思是“对初始条件的敏感依赖性”。这里所说是一只蝴蝶，而不是“每一只”，更没有提到它们是否弱小或强大。

“蝴蝶效应”是学习型组织理论的一个重要理念。此效应说明，事物发展的结果，对初始条件具有极为敏感的依赖性，初始条件的极小偏差，将会引起结果的极大差异。

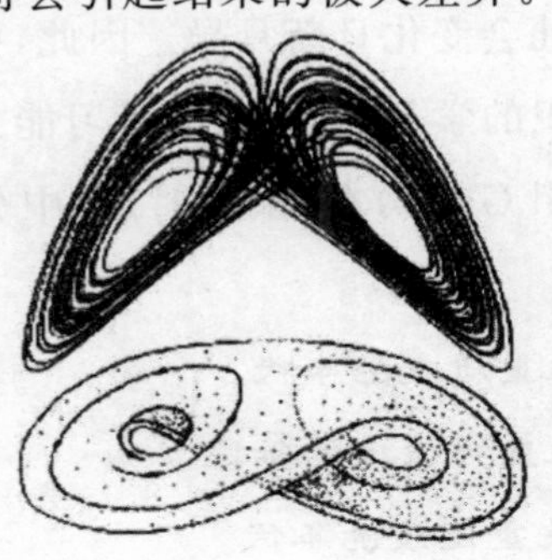

“蝴蝶效应”说明：一个消极的、负面的、微小的因素，如果不加以及时地引导、调节，会带来非常大的危害，戏称为“龙卷风”或“风暴”；一个好的微小的因素，只要正确运用，经过一段时间的努力，将会产生轰动效应，或称为“革命”。美国有一首民谣正说明了“蝴蝶效应”：“钉子缺，蹄铁卸；蹄铁卸，战马蹶；战马蹶，战士绝；战士绝，战事折；战事折，国家灭。”要注意防微杜渐，勿以善小而不为，勿以恶小而为之。

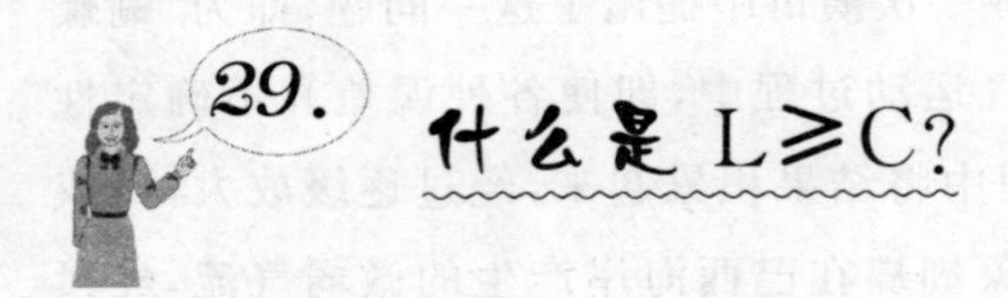

29. 什么是 L≥C？

学习速度　L≥C　变化速度

这个公式中的 L 是 learn（学习），C 是 change（变化）。

上述公式表明：一个组织要生存发展，其学习（L）的速度必须等于或大于其环境变化（C）的速度。竞争日益激烈，新知识、新技术不断涌现，社会变化日新月异。因此，要想获得生存和发展，就必须加快组织的学习速度，增强学习能力。

比尔·盖茨（Bill Gates）在《未来时速》中分析世纪之交的特点时提到：

80 年代——注重质量的年代

90 年代——注重再设计的年代

新 10 年——注重速度的年代

永远不要埋怨，永远要提醒自己当今世界惟一不变的就是“变”。今天，要想成为胜者，只有一个办法，就是使自己的学习速度大于或等于外部变化速度，否则只能走向失败。

高新科技迅速发展，尤其是互联网的普及，使得今天世界的竞争格局已经发生了很大变化。过去是“大鱼吃小鱼”，今天已经发展到这样的竞争格局，是“快鱼吃慢鱼”，这的确值得每个人思考。

30. 什么叫摩尔定律？

摩尔定律：是英特尔公司创始人之一戈登·摩尔于1965年提出的一个定律：IC上可容纳的晶体管数量，约18个月增加1倍，即计算机微处理器的处理能力每18个月提高1倍。这一定律被应用到更广泛的领域，反映知识经济时代变化十分快。如：“你永远不能休息，否则你永远休息！”等理念。

英国技术预测专家詹姆斯·马丁有一个测算：人类的知识在19世纪是每50年增加一倍，20世纪初是每10年增加一倍，70年代是每5年增加一倍，而近10年则是每3年翻一番。到2020年，知识的总量是现在的3到4倍。到2050年，目前的知识只占届时知识总量的1%。比尔·盖茨曾经对微软的软件开发人员说过：“再过四五年，现在的每句程序指令都得淘汰。”

31. 什么是十倍速的学习理念？

电话在发明后的30年用户达到1000万。英特网在发明后的3年用户达到1000万。

从电话和英特网发展的对比可以看出，社会发展的速度越来越快。过去需要花几年、几十年发展的事物，今天可能只需要一瞬间。

为了适应“十倍速度时代”，联合国发布了一个文件，要求各国进行功能扫盲。

在信息迅速更新的情况下，为了有效而快速地进行学习，每个人都必须具有信息的捕捉能力，如利用网络的搜索引擎搜索有用信息、利用电视等其他各种媒体找到自己所需信息的能力。只有不断地学习，才能在汹涌而至的信息浪潮中，在知识经济时代安身立命，左右逢源。一个人要具有科学素质，就要充分发挥科学技术所具有的乘法效应，提高自身的学习速度和竞争力。

1. 上海宝钢开展“八个自主”活动

宝钢在实行自主管理时，允许各个子公司可以跨部门、跨公司地组成一个团队——自主管理小组，共同研究感兴趣的课题。

他们提出了“八个自主”：

1. 自己提出问题。自己提出生产中、工作环节中共同感兴趣的问题。

2. 自己了解现状。自己去调查研究,了解问题的现状。

3. 自己分析现状。自己分析现状,关键问题在哪里。

4. 自己研究方案。自己研究解决方案,可以请教专家、查资料。

5. 自己制定措施。

6. 自己实施措施。

7. 自己了解效果、向上申报。实施以后,自己去收集数据、分析效果,看效果好不好。效果确实好,就要向上申报。由科技部门审查是否科学;由财务部门审查是否有效益。

8. 自己帮助企业标准化、制度化。经过审查,认为效果确实好,自己帮助企业实行标准化、制度化,让大家分享经验。

2. 学习创新 江淮取胜之道

从一个濒临倒闭的工厂,上任为一个国内排名前十的制造汽车集团,再到 2005 年全国 14 家重点汽车企业仅有的 3 家利润正增长的企业之一,十几年里,江淮以及江淮的董事长左延安在平衡战略与经营、资源与机遇、节奏与成本、效益与责任等方面上演了一个个与企业命运息息相关的精神故事。这是一个除了学习没有太多爱好的人,这种善于学习的精神如今已经渗透到江淮的边边角角,成为这个企业的文化,也锻造了企业的核心竞争力。

学习创新是企业的基因

往往是这样，一个企业从低迷走向光明、从低谷攀至高峰的发展过程与企业家的名字紧密相连。江淮也是如此。上世纪80年代的江淮曾经一度濒临倒闭，而2005年的江淮在国家14个重点汽车企业整体利润下降40%、仅有3个企业利润正增长的情况下，以28%的利润增长率成为众人艳羡的对象。左延安以惊人魄力大胆“赌”了一把，他整合所有资源，全部投入到当时国内还没有厂家涉足的客车专用底盘项目上，不仅挽救了江淮，还将其带上了良性发展的轨道。有了底盘的基础，左延安开始真正把江淮带上造车之路，循序渐进，成绩斐然。1995年开发轻卡，2005年占据市场份额第二，自主品牌获利能力第一，并以8000辆的出口获轻卡出口量桂冠；2002年，瑞风商务车下线，连续3年业绩卓然，在大MPV市场占据了56%的市场份额；2006年江淮已将目标对准轿车领域。

汽车行业这些年来，有不少企业或者朱颜已改，或者渗淡经营，或者颓然退市，而江淮却连续四、五年以复合增长率50%的速度增长着。“关键就是在合适的时间，合适的地点，做合适的事，整合内部资源，适应外部环境，系统思考不是盲目地去追求。”左延安所说的这种系统思考正是吸纳了学习型组织学说的精髓。1996年，左延安开始在江淮创建学习型组织。他认为，“学习型组织的灵魂就是系统思考，而系统思考就是在各种矛盾中寻求一种平衡。很多人都在探究江淮发展的所谓奥秘。这么多年来我一贯的观点就是我们的成绩源于‘系统思考、团队学习、协调平衡、追求卓越’。学习已成为江淮的文化。学习创新，是江淮的基因，在此基础上，江淮形成了绩效导向、合作精神、协同能力、重质量、重执行的文化氛围，这种文化是江淮的核心竞争力。”

从小到强　从强到大

在战略上，追求资源与机遇平衡；在经营上，追求节奏与成本平衡；在产品上，追求多系列、多品种的平衡；在发展上，追求自主创新与开放平衡。如今，在系统思考中寻求各方平衡成为左延安以及他所领导的江淮的思维方式。这种平衡最终使得江淮一步步从小到强，又从强往“大”发展。

已将系统思考升级为思维习惯的江淮汽车，同时表示“创新是系统化创新，发展是全面协调平衡发展”，“企业要全面持久健康发展，必须系统创新，包括技术创新、管理创新、制度创新、信息化建设、营销体系的创新以及人力资源开发，六大要素协调竞争、动态提升”。如今这些话已经成为江淮的名言，也成为江淮人的行为准则。这种系统思考的方式已经渗透在江淮的普通员工的心中。在江淮，即便问到生产线上的一个普通工人，他都会表示他们在考虑一件事情的时候，会站在企业角度，而不只是考虑这件事情对自己或者班组有什么好处。

江淮是领导团队打造的一个企业，江淮理念中的第二句话就是“团队学习”，团队学习就是“搭配、训练、互动”，这是江淮文化的根。江淮一直坚持以人为本的管理，制度化协调，持续为员工创造一个好的环境。

3. 从培训走向学习——中联鲁宏水泥公司坚持创建学习型组织

"只要找对了路,就不怕路远!"

路在何方?路就是创建学习型组织。

中联鲁宏在改制中走出了多年负债经营的困境,踏上一条健康、快速发展的坦途,正前进在创建学习型组织的路上。

紧紧地抓住培训这一环。

中联鲁宏决策层一班人,多数都是伴随着企业盛衰成长起来的年轻的一代,他们握起推动企业发展的接力棒,从2000年起适时把企业引导到创建学习型组织的新阶段。

创建学习型组织,对于从计划经济脱胎出来的"老国企"是一门崭新的课题。从何处入手?中联鲁宏首先从培训抓起。为规范全员培训工作,整合培训资源,他们按照ISO10015体系标准构建起公司培训体系,制定了《中联鲁宏水泥有限责任公司员工教育培训管理标准》、《中联鲁宏水泥有限责任公司员工教育培训实施细则》、《中联鲁宏水泥有限责任公司员工岗位技能鉴定管理办法》、《中联鲁宏水泥有限责任公司员工晋升管理办法》和《中联鲁宏水泥有限责任公司培训师管理规定》等。在培训的具体实施中,由公司培训中心对培训需求进行分析,根据各部门岗位的需要拟订出中长期培训规划和年度员工培训计划,做到培训工作流程化。

这样的培训,实质是企业担负起设计员工职业生涯的职责。在培训中,中联鲁宏为员工铺设了三条成长与发展的路径:一条是在管理类岗位成才——培训的对象主要是公司管理层各部、室一把手，部、室副职和车间主任，行政系统的部门主管、主办和生产车间的班组长；一条是在技术类岗位成才——培训的对象主要是从事工程技术工作的技术员、助理工程师、工程师、责任工程师和主任工程师；一条是在普通岗位成才——培训对象主要是企业最大的群体，包括初级工、中级工、高级工、技师、高级技师，从应知应会培训抓起。这三条成长与发展的路径，展现出学习型组织全员参与学习的生动景象。不管是眼前属于哪一类岗位的员工，在培训中通过学习都要设计出自己的职业生涯和成长路径，明晰自己的发展目标，清楚地知道，要想实现自己的目标，自己应必修的课程和应掌握的技能，争取成为本岗位的专家。

现在，中联鲁宏已经建立起内培管理网络，中联鲁宏在坚持创建学习型组织的进程中，紧紧地抓住培训这一环不放，抓出了成效，员工的观念和精神面貌发生了深刻地变化。今天，在中联鲁宏如果问员工什么是最好的福利，绝大多数的人都会自豪地回答：培训。

从培训走向学习是需要组织推动的，中联鲁宏已经积累起一些基本经验。倡导鼓励个人学习。常言道：打铁还须自身强。只有每个人的学习力增强，自身素质提升，在团队学习中才能将知识变成智慧，产生新的火花和新的行为。现在，大多数职工都把业余时间用在读书学习上，在家庭里父子同学、母女同学和夫妻同学的感人事迹俯拾皆是，过去那种凑在一起侃大山、打麻将和玩扑克的现象已经很少见了。过去，人们比的是生产，看谁任务完成得好；现在，人们比的是学习，看谁学得多学得好。

在创建学习型组织中，通过团队学习促使学习力转化为现实生产力。到2005年底，仅用了四五年的时间，中联鲁宏的生产规模由过去的130万吨的生产能力仅局限鲁南一地，到目前菏泽鲁宏公司、菏泽商品混凝土公司、济宁商品混凝土公司建成投产且运营良好，青州鲁宏日产12000吨水泥熟料基地、青岛鲁宏公司、滨州鲁宏公司正在建设之中，公司规模实现了跨越式的发展。

（原载《中国建材报》2006年1月25日第一版。

4. 武汉汉阳区检察院创建"学习型检察院"

2006年2月21日，北京中南海，武汉市汉阳区人民检察院检察长孙光骏代表该院接受"全国模范检察院"匾牌，成为湖北省惟一获此殊荣的基层检察院。谁曾想到，三年前，这个检察院还在全市检察系统"摆尾"。

变化是如何产生的？

时光倒回3年，刑法学博士孙光骏被任命为汉阳区人民检察院检察长。上任第一天，找上门"谈心"的干警，无一例外要待遇、要提拔。不久后一次检察委员会上，委员们对讨论的案件毫无兴趣，一味附和；接着，在对中层干部的年度工作测评中，更是出现反常现象：认真工作、大胆管理的干部得票率不高，工作一般、人缘好的干部得票率却是遥遥领先。这还不算，在全省基层检察院创建"五好"活动中，该院是全省最后一批达标单位之一。

汉阳区检察院如何走出低谷？经慎重思考，孙光骏大胆提出:三年内,争创“全国模范检察院”。

“差生”要当“全国模范”,不少干警们认为这是“昏了头”。孙光骏和班子成员却铁了心:要脱胎换骨,只有瞄准高目标。

创建学习型组织,成为“突围”的第一把“金钥匙”。

2003 年,院里投资建立图书阅览室,创办内部刊物,刊登干警学习体会文章。院党组织在全院开展“人生三部曲”征文活动,命题涉及老、中、青不同年龄层干警:青年干警思考如何让青春在岗位燃烧,中年干警思考如何让人生走向辉煌,老同志思考如何让岁月留下美好回忆。这成为人生历程的回顾和总结、对事业发展的思考。

开展“每周一讲”、“专家讲坛”等活动,先后邀请 10 多名中外专家、教授来院授课。

学习与办案结合。2003 年,全国首例环境监管失职案在该院立案侦查,为办好这个棘手案子,渎侦科 3 名承办人员,找来资料“恶补”,请专家开论证会,成绩掌握了证据和相关法规。“您正在审查起诉的××案还剩 4 天期限,请注意结案时限……”轻点鼠标,进入该院自主研发的“检察机关规范化管理系统”,可以清晰地看到这样的提示——原本在企业中应用的 ISO9001 质量管理体系,被引进了汉阳区检察院。有了这套系统,可以实现全程监督、规范执法,不仅保证按时结案,同时提高了办案质量。如此一套体系,让汉阳区检察院走在了全省检察机关规范化建设前列,全院错立、错捕、错诉案件及超期羁押等指标均实现了“零记录”。

“木桶理论”、“泥鳅精神”、“蝴蝶效应”、“树根理论”——走进汉阳区检察院,出现在宣传栏的这些字眼和理念,会让你忍不住驻足观看：

“如果将一个组织比作一棵大树，学习就是大树的根，如果不重视树根的培育，时间长了，大树就会枯萎。树根理论告诉我们，学习力是一个组织的生命之根，根深才能叶茂。”这些都是该院营造的“学习型检察文化”，以文化育检，提升了干警素质。

2005年，汉阳区人民检察院成为全国100家创建学习型组织先进单位之一。

学习型组织管理

传统的企业管理与学习型组织管理有几点区别：

管理目标　工业时代的管理以数量、质量求效益，以产量、利润为目标；现代企业则以快变、创新求效益，以超值服务为目标。

管理资源　工业时代管理以物质资源为主体。现在则以知识资源为主体。一个很重要的理念——“知本主义”，是以知识为本的主义。今天学习型组织理论正在灌输一个“以知识为本”的重要理念。

管理思想　工业时代以“制度＋控制”使人们勤奋地工作，但创造性受到抑制。今天则强调使人更聪明地工作，不断创新、自我超越。

管理组织　工业时代，以等级为基础，以权力为特征的垂直型“金字塔”结构。今天学习型组织理论则强调以共同愿景为基础，以团队学习为特征，它是一个扁平化的有弹性的学习型组织。

管理内容　工业时代以人的行动和生产工作的标准化为内容:强调标准化。今天学习型组织管理则以增强学习力为核心,要使员工体验到工作的生命意义,要提高群体的智商,强调创造力。

管理策略　工业时代以技术与奖惩驱动,“以量多求进”的刚性策略。学习型组织则以市场为学习驱动,“以快变求胜”的柔性策略。

管理职能　工业时代以分工论和部门制为基础,以分工和“管”为主。学习型组织则以信息化和网络化为基础,管理职能以综合和“理”为主。

管理与被管理者的关系　工业时代,被管理者与管理者是单向的服从关系,学习型组织则强调双向的互动关系,你推动我,我推动你,企业才能进步。

管理手段　工业时代,已经开始用计算机了,但是是用计算机的技术放大人的技能。今天则强调用计算机放大人的智能。过去的计算机是把人的左脑延伸一次,今天的计算机则是把人的右脑延伸一次,更高层次,进入创新性时代。

管理对象　除了财与物外,工业时代管理对象是大量的从事重复性简单劳动的人,今天则是大量的从事创造性、智力性劳动的人,又进了一步。

(上海明德学习型组织研究所所长　张声雄)

学习型社会

形成全民学习、终身学习的学习型社会，促进人的全面发展。

——《十六大报告》

构建现代国民教育体系和终身教育体系，建设学习型社会，全面推进素质教育，增强国民的就业能力、创新能力、创业能力，努力把人口压力转变为人力资源优势。

——《中共中央关于完善社会主义市场经济体制若干问题的决定》

在全社会进一步树立全民学习、终身学习理念，鼓励人们通过多种形式和渠道参与终身学习，积极推动学习型组织和学习型社区建设。

——中共中央、国务院《关于进一步加强人才工作的决定》

32. 我国为什么提出建设学习型社会？

在2002年11月8日召开的中国共产党第十六次全国代表大会报告中，有这样一段话："形成全民学习、终身学习的学习型社会，促进人的全面发展"。党的十六大提出全面建设小康社会的战略目标，建设学习型社会正是全面建设小康社会的必然选择。在党的十六大之前，即2001年5月15日江泽民同志在亚太经合组织人力资源能力建设高峰会议上发表了重要讲话，强调"教育是人力资源能力建设的基础，学习是提高人的能力的基本途径。"并提出"构筑终身教育体系，建设学习型社会"的任务，这是我国领导人第一次在讲话中引用"学习型社会"这一概念。建设学习型社会，既是基于我们对于当今世界潮流的认识，也是建设中国特色社会主义、实现社会主义现代化宏伟事业的战略决策。中国作为一个不发达的大国，要在这样的世界潮流中实现民族的伟大复兴，必须依靠全社会、全民善于学习。

全面建设小康社会，最根本的是坚持科学发展观，以经济建设为中心，不断解放和发展社会生产力。同时，又必须坚持社会政治文明、精神文明和物质文明的和谐发展。建设学习型社会既是建设和谐社会的基础，又是一种必需的动力。

33. 什么是学习型社会？

人类社会绵延发展至今，从社会经济形态上讲，主要是农业社会和工业社会两大阶段。不同的社会经济形态决定人们不同的学习方式。简单的说，农业社会是学习“过去的知识”，工业社会是学习“现在的知识”，在今天知识经济时代，人们主要是学习“未来的知识”。美国著名教育家罗伯特·梅纳德·赫钦斯(1899—1977)，在1968年发表了他的一部对世界有深刻影响的著作《学习型社会》，根据他当时对社会发展的预测，认为人类社会在21世纪将进入“学习型社会”。建设学习型社会的理念逐渐被国际社会所接受和认同，并受到愈来愈广泛的关注和重视。1972年联合国科教文组织在一份报告中正式把“学习型社会”作为未来社会形态的构想提出来，发出了“向学习型社会迈进”的口号。赫钦斯提出的学习型社会主要含义是指终生教育、终身学习的社会教育模式。随着社会的发展，学习型社会理论也不断丰富和发展。学习型社会已作为当代社会管理的模式。

34. 发达国家都是学习型社会吗？

一个国家的发达有多种原因。但一个国家要从不发达走向发达，必须走学习型社会之路。20世纪80年代，美国提出了向学习型社会过渡，利用领先的信息技术大力发展社会化的网络教育，1991 年美国政府提出要把“美国变成人人学习之邦”，把“社会变成大课堂”；1994 年，西方七国首脑会议也强调“终身学习是 21 世纪的生存观念”。英国在 90 年代发表了“学习型时代”绿皮书，着手建立社会化学习体系。欧盟在 1996 年就发起“终身学习年”，开始构建学习型社会。发达国家的这些做法，值得我们借鉴。

35. 我们建设学习型社会的指导思想是什么？

我们建设学习型社会的指导思想是以邓小平理论和“三个代表”重要思想为指导，按照科学发展观的要求和科教兴国主战略，做到三个结合：一是坚持政府主导与社会各方参与相结合，促进学习社会化、社会学习化；二是坚持终身教育体系与国民教育体系相结合，促进各类教育资源共享；三是坚持学习型社会建设与精神文明创建相结合，促进公民思想道德素质和科学文化素质提高。从实际出发，以人为本，分阶段、分人群，按需求、按规律，有重点地推进学习型社会建设，切实提高公民素质和社会文明程度，促进人的全面发展，激发国家创新活力，增强国家国际竞争力，推进社会主义和谐社会建设。

36. 学习型社会的核心是什么？

学习型社会的核心是“全民学习、终身学习”，形成人人皆学、处处皆学、时时皆学的社会氛围和机制。在学习型社会中，学习既是每个公民的一项权利，也是一项义务；学习不只是人们生存、发展的手段，更是一种生活方式和自觉需要。因此，在学习型社会中，社会应整合各种教育资源，制定完善的制度，作为全民学习、终身学习的支持、鼓励和保障。学习型社会的一个重要特征就是学习社会化、社会学习化，这需要制度和体制来保证。

37. 学习型社会的基本特征是什么？

建设学习型社会是为适应社会发展而进行的一场学习革命的思想解放运动，是为进一步解放生产力的一种体制创新，是适应全球化背景下竞争和环境变化而进行的一次社会变革。学习型社会的意义并不在于单纯强调人人学习，而在于使学习成为社会的一种运行模式和发展方式。

学习型社会是从终生教育、终身学习、全民学习，促进人的全面发展的新视角，提出的社会发展和社会管理的新理念，反映了知识经济时代的需求。

学习型社会的基本特征是：

学习的终身性。传统社会把人们的生活分割为受教育阶段和工作阶段。这种理念已不适应当代社会。今天，由于知识更新速度太快，必须破除阶段性、终结性教育，主张终生教育、终身学习。

学习的社会性。传统社会的学习以个人学习为主，学习型社会的学习是学习社会化、社会学习化，整个社会是一个大学校，社会为人们提供优越的学习资源，社会有完善的国民教育、终身教育、干部教育体系，实现人人学习、时时学习、处处学习、灵活学习，学习机会对人人开放。

学习的自主性。传统社会的学习是谋生的需要，是在生存压力下的学习。学习型社会学习是人们的生活方式，是人们实现自我发展的需要。

学习的快速性。人们的学习速度必须大于外界变化的速度。人们学会生存首要的是学会学习。今天人的落后不是不识字，不是没有文化，而是不会学习。在社会变化越来越快的形势下，人们需要善于学习，提高快速学习能力。

38. 建设学习型社会的重点是什么？

建设学习型社会的重点是人力资源的能力建设，优化人力资源。当今社会，无论哪种组织要适应知识经济的挑战，必须努力提高人的素质和能力，充分发挥和利用人的潜能。提高人的素质和能力主要靠在学习中工作、在工作中学习。科教兴国的重要内容之一，就是要通过教育进行人力资源的开发，发现、培养更多的优秀人才，加速国家的现代化建设。党的十六大进一步提出，为了在我国全面建设小康社会，要“坚持以信息化带动工业化，以工业化促进信息化，走出一条科技含量高、经济效益好、资源消耗低、环境污染少、人力资源优势得到充分发挥的新型工业化路子。”建立一个全民学习、终身学习的学习型社会，正是充分发挥我国人力资源优势的最佳途径。

39. 社会主义和谐社会是怎样提出来的？

“和谐社会”是人类孜孜以求的一个理想社会。从我国古代的孔子到近代的康有为等思想家，把“和为贵”和“人人相亲、人人平等、天下为公”作为一种理想社会景象。但在当时的社会条件下，这些假想是无法实现的。

建立在科学分析基础上的马克思主义理论，对未来社会发展方向作出了符合人类社会发展规律的阐述，特别是关于工人阶级政党领导社会变革，将消除阶级之间、城乡之间、脑力劳动和体力劳动之间的对立和差别，即消除社会“三大差别”，实现人与人之间、人与自然之间的和谐关系的理论，勾勒了社会主义和谐社会的轮廓。

中国共产党在领导革命、建设和改革的长期实战中，不断探索和发展具有中国特色的社会主义社会建设理论。新中国建立，为构建社会主义和谐社会创造了根本的政治前提。党的十一届三中全会把党和国家工作重点转移到社会主义现代化建设上来，坚定不移地实行改革开放，开创了我国社会主义现代化建设的新局面，党的十六大提出全面建设小康社会的宏伟目标，把“经济更加发展、民主更加健全、生产更加进步、文化更加繁荣、社会更加和谐、人民生活更加殷实”作为建设全面小康社会的各项任务。党的十六届四中全会，进一步提出了构建社会主义和谐社会的任务。2005 年 2 月 19 日，在省部级主要领导干部提高构建社会主义和谐社会能力专题研讨班上，胡锦涛总书记的重要讲话全面阐述了构建社会主义和谐社会的重大意义和各项任务，动员全党全社会扎扎实实构建社会主义和谐社会，提高党的执政能力。

构建社会主义和谐社会，汲取了人类文明发展的智慧，符合马克思主义的基本原理，丰富和发展了马克思主义关于社会主义社会建设理论，反映了我们党对执政规律、社会主义建设规律、人类社会发展规律认识的深化和运用艺术的提高，是我们全面建设小康社会的重要理论指导。

学习型社会与和谐社会是什么关系？

构建社会主义和谐社会、建设学习型社会，都是党的十六大提出的全面建设小康社会战略目标的重要任务，党的十六届四中全会又进一步提出了构建社会主义和谐社会的执政理念和具体任务。学习型社会与和谐社会，两者既相互联系又各有侧重。什么是社会主义和谐社会？和谐社会就是“民主法治、公平正义、诚信友爱、充满活力、安定有序、人与自然和谐相处的社会”。这既是我们党全面建设小康社会的执政理念，又是我们推进中国特色社会主义事业的总体布局，指导我们把社会主义经济建设、政治建设、文化建设、社会建设四位一体，也是我们在全面建设小康社会进程中处理更复杂、更突出的矛盾和问题，妥善协调各方面的利益关系的根本原则。可见，构建社会主义和谐社会主要着眼于国家治理的政治范畴。

建设学习型社会主要着眼于国家治理的文化范畴，构建社会的精神风尚、教育目标、生活方式理念等等。我们国家还提出建设节约型社会、环境友好型国家，这又是从经济建设范畴提出的任务。

41. 建设学习型社会与人的全面发展是什么关系？

人的全面发展与社会发展本来就是不可分开的。人是社会的主体，社会是人的存在方式。因此，人的发展与社会发展是紧密联系、不可分割的。首先，人的全面发展是社会经济文化发展的前提。人是历史活动的主体，是一切物质财富和精神财富的创造者，社会经济文化的全面发展，物质财富的创造，人民生活水平的提高，从根本上说都离不开人的全面发展。特别是计算机、航天、生物等科技日益发达的今天，人的全面发展更成为推动经济、文化发展的重要基础。全面发展的社会，需要全面发展的人。同时，人的全面发展也只有在全面发展的社会中才能实现。

42. 建设学习型社会与人才强国是什么关系？

实施人才强国战略是党和国家一项重大而紧迫的任务。人才存在于群众之中，只要具有一定的知识和技能，能够进行创造性劳动，为推进社会主义物质文明、政治文明、精神文明建设，为建设中国特色社会主义的伟大事业做出积极贡献的，就是社会主义现代化建设需要的人才。因此，任何人都有可能成为本行业中的人才。在知识经济、信息经济和经济全球化的时代里，知识更新频率空前加快，激烈的竞争，使得人的素质成为最受关注的问题，而且单一素质不够了。人的素质是这个时代诸种因素中最为首要的。人力资源能力建设对经济社会发展具有基础性、战略性、决定性的意义。建设学习型社会的目的就是提高人的创新能力，充分开发和利用人力资源。离开这一点，建设学习型社会就会失去目标和意义。学习型社会是一个人力资源得到充分开发的社会，是人才辈出的社会。

43. 什么是人的全面发展？

实现人的全面发展是马克思主义的一个重要理论，而且是社会发展的终极价值目标。人的全面发展是指人的能力、素质、独特个性等诸方面自由而充分的发展。党的十六大报告提出人的全面发展应该是人的思想道德素质、科学文化素质、身体素质和审美素质四个素质的全面提高。人的全面发展与社会全面发展是同一过程的两个方面。人的全面发展是社会经济文化发展的前提,社会经济文化的全面发展,从根本上说都离不开人的全面发展。同时,学习型社会,需要全面发展人,并为人的全面发展创造条件。人的全面发展也只有在学习型社会中才能实现。

44. 为什么说科学发展观的本质是“以人为本”?

科学发展观的本质是“以人为本”。以人为本,就是要把满足人的全面需求和促进人的全面发展作为经济社会发展的根本的出发点和落脚点。这主要是:围绕人们的生存、享受和发展的需求,提供充足的物质文化产品和服务。围绕人的全面发展,推动经济和社会的全面发展。经济发展“以人为本”,必须严格控制人口数量,不断提高人口质量,合理调整人口结构,真正把现代发展转移到提高人的素质轨道上来,实现人口与社会其他因素之间的相互适应与协调发展。因此,全面、协调、可持续的发展必须以人的全面发展为宗旨,提高劳动者的科学技术和文化水平,增加人力资本存量,从而形成社会系统全面进步和不断更新的持续发展能力。

45. 建设学习型社会需要树立哪些新观念？

学习型社会是学习和创新成为时代主题的社会，必将形成一系列新的观念，这些观念逐渐成为社会的主流意识。我们正处于一个快速变化的时代，如果以一种固定的知识结构、思维方式来面对这个世界，必然导致落后和失败。“活”是学习型社会观念最大的特点，是学习型社会新观念的灵魂，这包括：活的知识观，提倡知识更新和观念更新；活的信息观，人们必须在大量、多种信息中不断做出选择，重视信息的时效性、动态性、综合性；活的学习观，在变化发展中学、终身学、互动学，而且要组织化、社会化学习；活的人才观，学习力、创新力和发展潜力成为评价人才的重要尺度；活的资源观，在学习型社会里，最能应对外界变化的是活的人力资源；活的组织观，重视组织的柔性、适应性、可调性。

46. 各类组织在建设学习型社会中的角色怎样定位？

社会各类组织，上自地方各级党组织和政府机关，下至企事业、社区、学校，在建设学习型社会中既有共性任务也有个性角色。共性任务就是实现建设学习型社会的共同愿景，个性角色就是由各组织自身特点规定的在建设学习型社会的过程中应起的作用。

47. 建设学习型社会中各级地方党组织和政府是什么角色？

地方各级党组织和政府首先是建设学习型社会的设计师。设计建设学习型社会的目标体系，设计建设学习型社会的模型，设计建设学习型社会的基本框架。其次，地方各级党组织和政府机关应成为建设学习型组织的示范者，率先成为学习型组织的典范，为整个社会起示范引导作用。建设学习型社会的关键在于建设学习型政党，各级党组织是建设学习型社会的中坚力量。各级政府机关只有成为学习型政府，才能执政为民、执政兴国，才能真正作为服务政府、责任政府和法治政府。再次，地方党组织和政府是建设学习型社会的组织者。按照建设学习型社会的总体目标，各级党和政府要抓组织落实和分类指导，扎实推进，力求实效。要建立社会各界齐抓共建学习型组织的格局。长远规划与近期目标相结合，"一把手"工程与部门责任相结合，理念导入与组织推进相结合，全民创建与重点突破相结合。

48. 企业在建设学习型社会中是什么角色？

企业是建设学习型社会的支柱。学习型组织理论源于企业，兴于企业。上世纪 90 年代以来，世界一批知名大企业用学习型组织理论改造企业，取得卓越成效。我国自 1998 年开始，上海宝钢、青岛海尔等大型企业引入学习型组织理念，建设学习型企业已成为提高企业竞争力的重要选择。企业要把提高组织学习力作为增强竞争力的根本之道。今天，企业惟一的竞争力优势是比别人学习得更快、更有效。企业要努力倡导团队学习，使整个组织弥漫学习创新的氛围，不断突破能力上限，追求持续创新，扩大创造未来的能量。企业要为员工创造终身学习的机制，使企业与员工同步和谐发展。

49. 社区在建设学习型社会中是什么角色？

社区是建设学习型社会的基础。社区是一个“小社会”。学习型社区是学习型社会的基础。学习型社区建设以人为本，以社区教育为手段，以学习为动力，营造育人环境，创造文明社区。

学习型社区要整合教育资源，建设公共设施，强化文化设施的教育与开放学习的功能，丰富社区教育方式，组织社区居民学理论、学文化、学科学、学兴趣，提高居民现代素质和公民意识。大力推动学习型家庭建设，学习型社区与学习型家庭互动互进。努力开发社区教育、文化、科技、娱乐和休闲等丰富多彩的活动，倡导科学文明的生活方式，提高社区居民生活质量。

50. 学校在建设学习型社会中是什么角色？

学校是建设学习型社会的重要阵地。各级各类学校担负着传授知识、传播文明的重要职责。建设学习型学校是建设学习型社会的必然要求。

在我国的大中小学校中，已经出现一批建设学习型学校的先行者，其中同济大学继续教育学院坚持建设学习型学校已经多年，形成具有高校特点的“同济模型”，成为国家教育科学规划课题的重要成果。

建设学习型学校必须全面贯彻党和政府的教育改革方针，以培养德智体美全面发展的社会主义建设者和接班人为目标，构建现代国民教育体系和终身教育体系，全面推进素质教育，优化人力资源，为现代化建设发挥基础性、先导性和全局性作用。

学习型学校必须坚持教育改革，从以学历教育为主转向以能力教育为主导，重点培养人的学习能力和终身学习的习惯。学校要走开放式教育之路，为全民学习、终身学习提供阵地。

51. 建设学习型社会的基础是哪些？

建设学习型社会的基础包括以下五个方面：第一，完善社区教育。社区教育是社区建设的重要内容。要通过提供多样化的教育服务，满足社区居民的学习需求。第二，发展职业培训。职业培训是提高劳动者素质、促进社会就业的重要途径。要逐步建立和完善面向就业市场、依托企业、政府支持，社会化、多层次的职业培训体系。第三，推进继续教育。继续教育要以专业技术人员、经营管理人员和党政干部为重点，落实人才强市战略，深度开发人力资源。第四，加强农村教育。农村教育是促进城乡一体化、推进社会主义新郊区建设的重要抓手。要制定农村职业教育和培训计划，每个乡镇建设好一所符合标准的成人学校，每个村有村民学校（课堂）。第五，促进老年教育。开展老年教育有利于提高老年人生活质量。要进一步完善老年教育网络，办好各级老年大学，特别是街道乡镇老年学校、居（村）委会老年学校办学点。积极为老年人创造学习条件，让老年人老有所教、老有所学、老有所为、老有所乐。

52. 建设学习型社会的载体一般有哪些？

建设学习型社会一般有五大载体：

一是建设学习型机关。建设学习型机关是提高公务员能力的迫切要求。围绕提高依法行政能力，结合机关工作岗位要求，更新知识结构，提高学习能力，特别要强化工作实践中的学习，善于总结经验教训，切实提高学习效果。机关党组织要成为学习型党组织，充分利用党建资源，组织党员学习科学理论和业务知识，保持党员先进性，提高党的执政能力。

二是建设学习型社区(村镇)。学习型社区(村镇)是建设学习型社会的重要支撑。地方党委和政府及有关部门要加强对学习型社区(村镇)创建的推进和指导,探索以街道乡镇党政组织为主导、职能部门负责、社会单位支持、居民积极参与的创建学习型社区(村镇)长效运行机制。特别要按照农村城市化的要求,着力推进学习型村镇建设,营造安居乐业、健康和谐的生活环境。

三是建设学习型企事业单位。建设学习型企事业单位是增强企事业单位创新发展能力的根本要求。要按照现代企事业管理的要求,以提高员工职业素质、创新能力、团队精神为目标,在广大员工中倡导终身学习理念,形成工作学习化、学习工作化的氛围,调动广大员工更新知识、提高技能、大胆创新的积极性,激励岗位成才、自学成才。企事业单位党组织和工会、共青团、妇联要把建设学习型企事业单位作为一项长期工作,研究制定创建方案并组织实施,推动创建活动深入持久地开展。

四是建设学习型家庭。建设学习型家庭有利于提升家庭生活质量。结合"文明小区"、"文明楼组"、"五好文明家庭"等精神文明创建项目,丰富学习型家庭创建的载体,倡导科学文明健康的生活方式。通过组织参加各类健康身心的文体活动、社会公益活动和学习交流活动,形成父母带头、全家学习、共同成长的家庭学习氛围。

五是培育崇尚学习的组织文化。组织文化是学习型社会的重要内涵,组织的学习功能是现代社会组织生存和发展的必要条件。要把学习活动与生产生活紧密结合起来,让先进文化理念渗透到组织行为规范中,推动组织的持续发展和人的全面发展。围绕增强组织的凝聚力和创造力,大力培育组织文化,帮助人们形成建设中国特色社会主义共同理想的价值追求。结合城市精神的培育和塑造，营造崇尚学习、尊重知识、爱岗敬业、和谐融洽的团队氛围，形成与时俱进、追求卓越、敢于创新的组织精神。制定组织文化建设规划，改善文化学习的环境和条件，开展有益的组织文化活动，塑造富有时代特征、个性鲜明、积极向上的组织形象。

53. 建设学习型社会为什么需要丰富多彩的学习内容？

丰富的学习内容是学习型社会的重要表现。鼓励名家大师、广大文化教育工作者和文化教育机构，针对公民的学习需求，创作和生产学以致用的文化教育产品，编写具有生活实用性、科普性和娱乐性的读物，出版用于职业培训、休闲教育、文化学习等课程教材，开发多媒体教育课件以及健康益智的游戏、动漫等寓教于乐的学习新品。电台、电视台、报刊、网络等大众媒体为广大公民提供丰富的学习内容，方便公民学习，满足不同层次公民的学习需求。

54. 建设学习型社会怎样与精神文明创建紧密结合？

建设学习型社会与精神文明创建紧密结合，使两者互动互进。将精神文明建设纳入学习型社会建设总体规划和目标中。办好读书活动、“三学”活动、争当知识型职工活动等，提升学习活动品牌。充分开发博物馆、图书馆、科技馆等公共文化场馆的学习功能，积极构建网上学习社区，支持引导公民广泛开展学习交流活动。发挥社会化公共文化服务机构的教育资源配送功能，把公民需要的学习内容送到社区和基层单位。

55. 建设学习型社会需要怎样的领导格局？

建设学习型社会是系统工程，需要党政各部门，工会、共青团、妇联等群众组织共同参与。宣传部、组织部、教委、科委、发展改革委、文广影视、劳动保障局、人事、民政以及总工会、团委、妇联等单位组成推进学习型社会建设指导委员会，负责学习型社会建设的规划制定、统筹决策、指导督察等工作。同时，要重视发挥各民主党派、民间组织的作用，形成党委领导、政府推动、社会支持、全民参与建设学习型社会的格局。

56. 建设学习型社会是否需要制定一些地方性法规？

这在国外已有先例，如英国、瑞典制定了个人学习帐户政策，挪威制定了“终身学习法”。我国也有不少城市制定了促进终身教育的地方性法规，明确政府、企事业单位和个人的权利、义务及相关责任。按照建设学习型社会的要求，进一步细化建设学习型社会的目标、任务、措施、工作重点以及实施途径和步骤。研究提出学习型社会指标体系，制定各类学习型组织创建工作的评估办法。这样，就把推进学习型社会建设纳入法制轨道，大大增强推进建设学习型社会的力度。

57. 学习型社会怎样创新学习机制？

学习型社会需要创新学习机制。根据国内外的经验主要是：一是建立健全职业资格证书制度和就业准入制度，进一步完善技术职称、技能等级体系，探索社会化评审办法。二是在机关和事业单位完善培训制度，把学习绩效作为上岗、晋升、评优、奖罚的依据。三是逐步建立无障碍入学和弹性学习制度，支持鼓励成人高校与普通高校之间学分互认，沟通国民教育与终身教育。四是加强劳动监察，督促落实员工接受教育培训的规定，保障员工接受学习培训的权利。五是试行个人学习帐户制度。采取政府补贴和购买的办法，提供职业培训服务，激发劳动者参加职业培训的积极性，并鼓励单位和个人将其拥有的教育资源向社会开放。

58. 怎样构建覆盖城乡的终身学习网络？

覆盖城乡的终身学习网络是学习型社会的重要硬件。进一步整合成人教育资源，充分利用现代信息技术，依托远程教育网络，建设一所既能提供学历教育，又能提供职业培训，还能开展休闲教育和文化教育，多样化、多层次、开放的新型大学。把终身教育服务延伸到社区（村镇），实现社区、校区、园区资源共享，形成覆盖面广、面向市民的终身教育服务系统。构建由市、区县、街道乡镇以及学校、企事业单位图书馆组成的服务网络体系，让教育服务进入千家万户，形成覆盖城乡的终身学习网络。

59. 建设学习型社会为什么要整合教育资源？

有力有效整合教育资源，特别是统筹各类成人教育资源，可充分发挥现有教育资源优势，让市民就近方便地获得学习条件。鼓励和支持全日制学校、企事业培训中心和社会力量举办的学校开设适应市民学习需求的课程，更多地向社会开放学习场所和教育设施。鼓励各类社会资源参与学习型社会建设，逐步做到博物馆、公共体育场馆、科技馆、图书馆等公益性社会设施向市民免费开放。合理利用党员活动中心、文化馆、工会俱乐部等设施，开展教育培训活动。

建设学习型社会为什么说是一项系统工程?

建设学习型社会是一项非常复杂的系统工程,它包含了学习型政党、学习型政府、学习型社区、学习型企业、学习型组织和学习型家庭六个要素。只有这六个要素相互协调,相互推进才能真正建设学习型社会;建设学习型社会的关键是提高人的素质,加强人的自身建设;要在创建活动中探索有中国特色的现代城乡文明。学习型社会应该是一个经济发展、政治民主、人际和谐、文化繁荣,充满生机和活力的现代文明社会。建设学习型社会,需要全社会共同参与。大力宣传建设学习型社会的重要意义,广泛宣传和表彰学习型社会建设过程中涌现出来的先进典型,介绍推广个人和组织积极学习的经验,倡导"学习改变命运"的理念,在广大公民中形成终身学习的高度共识和自觉追求。

建设学习型社会是政府的事吗?

建设学习型社会不仅是各级政府一项紧迫的任务,也是每一个公民的重要责任。中国是世界上人口最多的国家,也是世界上劳动力资源最丰富的国家,建设学习型社会,充分开发人力资源、普遍提高全民教育水平，既符合当今全球开发人力资源以增强综合国力的大趋势，也是基于我国基本国情全面建设小康社会的必然抉择。然而，学习型社会的构建是一项复杂的系统工程，受到政治、经济、文化及其它各种条件的制约，涉及到社会生活的方方面面，加之我国是一个地域广阔、社会经济发展不平衡的大国，必须从整体社会教育体制的构建入手，着眼于社会教育体制的改进和完善，对社会组织、社会管理等系统再造，赋予其“学习型”的基本内涵，形成一个政府、企业、社会三者之间的互动关系。

62. 全民学习的含义是什么？

“全民学习”不单纯是人人学习的意思。这是 20 世纪 90 年代兴起的全民教育理念，是建设学习型社会的重要思想基础。1990 年在泰国召开的世界全民教育大会，发表了《世界全民教育宣言》和《满足基本学习需要的行动纲领》，“全民学习”理念成为世界性的共识。进入 21 世纪，全民教育思想更加深入人心。只有提高全民的教育水平和学习能力，才能使民族兴旺、国家富强。所以，党的十六大提出全民学习、终身学习理念，体现我们党与时俱进。

63. 建设学习型社会对人们的学习提出什么新要求？

应当说，学习型社会的学习是在传统学习基础上的创新，不仅需要人们变革学习理念，而且要有新的学习方法和手段。如：人们要有主动学习和交流的能力。在传统社会中，有“一招鲜，吃遍天”之说，一个人掌握了某种简单的技术，基本上能够较好地生活一辈子。但在今天信息社会，信息网络化，新信息太多，信息量太大，知识更新太快，因此每一个人必须主动接受新信息，学习新的知识，并同人们进行广泛的交流。同时，人们还必须有较强的选择能力，选择那些正确的对自己发展有用的东西。另外，学习素质成为学习型社会中公民的必备素质。所谓学习素质体现在人对信息和知识的处理能力上，表现在创造能力、核心竞争力上。今天，更要求人们具有创造能力和自我超越的能力，仅仅坚持每天学习远远不够。在信息化、全球化的社会中，社会每天都在变化，充满学习和创造的机会，如果一个人不具备这种自我创造、自我更新、自我超越的能力，就会成为一个落伍者。

1. 上海终身教育网络初具

社会社区教育、老年教育载体建设取得突破性进展。2002年，0—6岁儿童托幼一体化的学前教育体制已经建立。2003年全市共有成人高、中等学历教育学校76所，社会力量举办的各级各类非学历教育机构1400多所，乡镇成人文化技术学校145所(一个乡镇至少有一所)。尤其是社区教育和老年教育载体建设得到加强，8个区已建立社区学院8所，全市200多个街道和乡镇建立了社区学校(市民学校)，居委、村建立了社区学校分校或村民学校。全市有市级老年大学4所，区、县、局、企业、部队老年大学、老年学校64所，街道、乡镇老年学校220所，居委、村老年学校分校3610所，前几年已开办了空中老年大学和网上老年大学，形成了市、区县、街道和乡镇、居委和村四级老年教育网络。2004年市政府把加强老年学校建设列为实事工程，新建和完善老年学校近百所。社区教育、老年教育网络的完善改善了正规学校覆盖不到或不能很好解决的薄弱环节。以教育电视台和上海电视大学为代表的远程教育网已覆盖全市所有的区县。

2. 上海终身学习的机制和政策

(一)中、高等教育和各类高等教育已全面沟通。“三校生”(普通中专、职业高中、技工学校学生)可以按照自己的意愿，选报普通高校或高职高专，高职、高专毕业生可以选报普通高校的本科，高职、高专及普通高校的学生均可以按需报考各类职业资格证书。

(二)普通高校的报考不再受年龄或婚否的限制。

(三)各级各类的职业资格证书和技能、特长证书体系正在逐步形成。据不完全统计，由政府、教育培训机构及中介机构认定的职业资格证书有近百种，体现个人兴趣、爱好、特长的技能性证书近200多种，绝大多数职业资格证书已成为就业上岗的必备条件；不少特长、技能性证书也成为考核学生综合素质的一个组成部分。

（四）“政府补贴一点、社会资助一点、学费收取一点”的多渠道筹措社区教育、老年教育资金的机制基本形成。

（五）职工培训经费得到保障。市政府规定各企事业单位提取职工工资总额的1.5％－2.5％，作为职工的培训经费，其中用于一线职工的培训费不低于此项经费的50％。

（六）建立政府购买培训成果机制。对下岗职工的培训和农村富余劳动力向非农产业转移的培训，政府给予培训经费补贴。

（七）发挥民间组织参与社区教育的作用。市委办公厅、市政府办公厅制定的《关于进一步推进本市民间组织参与社区建设和管理的意见》鼓励民间组织集聚整合民间人力、智力、物力、财力等资源参与社区教育。积极培育发展社区公益性、服务性民间组织，及时通报社区建设和社区服务的需求信息，通过奖励性、委托性、补贴性或购买性的投入方式，吸引更多的民间组织参与社区教育。

3. 大连市建立了社会化学习网络

大连市是我国创建学习型城市较早的一个城市。2001年6月，中共大连市委制定了“创建学习型城市”的规划。大连创建学习型城市的目的就是要充分发挥人力资源开发对于城市发展的基础性、战略性、决定性的作用，让广大市民认识到当今社会的“竞争就是学习力的竞争”，必须树立“学习工作化、工作学习化、终身学习”的理念，把大连建成“读书有去处，学习有场所”的城市。为此，他们建立了社会化学习网络，设立“大连新世纪讲坛”，开通“大连青年外语网校”，建立区、街道、社区三级青少年读书网络、“新世纪书屋”；在农村建立县、乡、村三级青年读书网络等，充分发挥大专院校和中学的作用，发挥青少年宫、青少年刊社培训部、青年读书协会、青联培训中心、青少年学习教育基地等学习场所的作用。大连理工大学建立的“创新教育实践中心”（现改名为“创新院”）向社会开放，为培养创新人才和科技发展发挥了很大作用。大连市在创建学习型城市中方向明确，重点突出：在企业重点开展了以项目管理为核心的员工岗位创新创效活动，在农村重点开展了以培养青年科技星火带头人为核心的现代农业示范工程，在高校重点开展了以培养大学生创新能力为核心的大学生创业计划活动，在中小学和少先队组织中重点开展了以培养青少年创新实践能力为核心的体验教育活动。

4. 上海市黄浦区建立市民学院和社区学校

上海市黄浦区以科学发展观指导创建学习型城区取得明显成效，他们从抓住人的生活方式这一深层次问题入手，引导人们树立全民学习、终身学习、终身教育的理念，建立了市民学院和18个街道的社区学校。这些学校设在中学里，每所中学派3～5

名教师参与管理，校长由街道主任担任，副校长由中学校长担任，利用双休日上课，三年来，已累计开设了6个大类，近60门课程，700多个班级，他们经常聘请复旦、交大、华东师大、上海师大、社科院的教授、专家上课。有20多万人次居民和职工参加了各类学习和培训。全区机关、企事业单位和社区的学习型组织创建活动蓬勃发展，初步形成了广大市民和干部职工“想学、可学、有学”的良好学习氛围，产生了推动经济发展的杠杆效应，倡导文明新风的激励效应，提高市民素质的育人效应，强化社会管理的辐射效应。

5. 上海长宁区充分利用本区的教育资源

上海长宁区在建立学习型城区中，充分利用本区及上海市的教育资源，在学习型城区建设中发挥了很大作用。该区早在1997年就成立长宁社区学院，该院与上海电视大学合办了金融、英语、行政管理等5个本科专业，合办了市场营销、法律、计算机、社区管理等20个专科专业，还开设了办公自动化、电子商务等9个中专专业，以及10几种培训班，如电脑、外语、美术摄影、手机维修等。全国重点大学——东华大学地处长宁区，该区充分利用东华大学的优质资源，共享教学设施，聘请东华大学的教授、专家参与并指导教学计划制定、课程设置等教学管理工作。他们还与上海师大、空军政治学院等校联合开办大专以上层次学历班，与香港金融管理学院联合开办了涉外会计培训班。由于高等院校介入社区教育，提升了学习型城区的办学层次，确保了办学质量,深受广大学习者的欢迎。

各级学校,尤其是高等院校都要树立宏观的教育时空观,制订具体措施为学习型社会服务。如,各级学校双休日向社会开放,让市民、青少年可以进去观光,到阅览室、图书馆看书,到体育场锻炼身体;学校里有些课程、讲座、培训班向市民开放,让他们选修,合格者给予证书和学分;实行弹性教学制度,有条件的学校与区、街道合办社区学院,共建学习型区县,组织和引导研究生、大学生、中学生到社区、农村开展助教、助学活动、志愿者活动。

1. 学习型社会与和谐社会

党中央在世纪之交就提出了创建学习型社会的号召,党的十六大及十六届四中、五中全会进一步提出创建学习型社会、学习型政党的号召,并且把创建学习型社会作为全面建设小康社会的一项重要内容。构建社会主义和谐社会是以胡锦涛同志为总书记的党中央提出的重大战略思想。构建和谐社会不是一个阶段的事情,而是永远的不断奋斗的过程。创建学习型社会和构建和谐社会之间关系是:第一、创建学习型社会是构建和谐社会的基础;第二、创建学习型社会为构建和谐社会提供动力;第三、创建学习型社会本身就是构建和谐社会的一个组成部分。

(建设学习型城区论坛)

2. 全面建设小康社会的十个基本标准

(1)人均 GDP 超过 3000 美元;

(2)城镇居民人均可支配收入到 2020 年达到 18000 美元;

(3)农村居民人均纯收入 800 美元;

(4)恩格尔系数低于 40%;

(5)城市居民住房人均建筑面积 30 平方米;

(6)城镇化率达到 50%;

(7)居民家庭计算机普及率 20%;

(8)大学入学率 20%;

(9)每千人医生数 2.8 人;

(10)城镇居民最低生活保障率 95%以上。

3. 科学发展观与建设学习型城市是辩证关系

首先,建设学习型城市是科学发展观的题中应有之义。科学发展观的本质与核心是坚持以人为本。以人为本,就是要以实现人的全面发展为目标,从人民群众的根本利益出发谋发展、促发展,不断满足人民群众日益增长的物质文化需要,切实保障人民群众的经济、政治和文化权益,让发展的成果惠及全体人民。以人为本,就是在经济发展的基础上,不断提高人民群众物质文化生活水平和健康水平;尊重和保障人权,包括公民的政治、经济、文化权利，不断提高人们的思想道德素质、科学文化素质和健康素质；创造人们平等发展、充分发挥聪明才智的社会环境。显然，要做到以人为本，我们就要全面推进经济政治文化各个环节、各个方面的协调、可持续发展。既要大力发展经济不断满足人们的物质生活需要，还要重视科技、教育、文化、卫生、体育等社会事业的发展，不断满足人们对精神文化、健康安全等方面日益增长的需求，学习型城市建设也包括在内，而且它与其他方面的发展相互渗透、相互促进，是不可忽视的重要方面。可以说，坚持科学发展观，必然要求我们高度重视学习型城市建设。

其次，建设学习型城市是落实科学发展观的有效载体。科学发展观的核心是以人为本，以实现人的全面发展为目标。人的全面发展是人的自然素质、社会素质、身心健康素质的全面提升与进步，是人的能力和个性的充分发展和展示。以人为本，促进人的全面发展也是学习型城市建设的宗旨与核心。深化学习型城市建设，就是要解决与市民的全面发展密切相关的问题，促进市民重视自身的全面发展。为此，学习型城市建设，要确立新的学习、工作理念，加强设施建设与制度建设，建立社会化、终身教育体系和网络，促进国民教育体系、科技文化体系的创新完善，创造平等发展的社会环境，使市民都有受教育的机会和享受文化成果的充分权利。能力素质、精神素质的提高是人全面发展的根本要求。学习型城市建设重视市民能力素质的全面发展，强调实用性、开放性的学习观与教育观，最大限度挖掘市民的创造潜能，促进市民能力素质的持续协调发展，适应市民个性的充分自由发展，使市民以积极的心态应对一切挑战。学习型城市建设重视满足市民提升精神素质需求，引导市民加强文化修养，提高对先进文化的吸纳能力，使精神世界更加充实、文化生活更加丰富多彩，人格、情趣和社会性等方方面面得到和谐全面的发展。学习型城市建设对市民的知识结构、思维结构、心理模式、价值观念、情感方式等的影响和作用是广泛而持久的，深化学习型城市建设，必将使"以人为本"观念更加深入人心，为市民的全面发展提供更大的可能和更大的发展空间。

（建设学习型城区论坛）

4. 满足市民的学习需求

以人为本，从市民的不同学习需求出发，努力满足市民的学习需求，促进市民的全面发展。科学发展观的落脚点在"人"，归根到底是为了实现人的全面发展。深化学习型城市建设，也是如此，必须把促进市民的全面发展作为深化学习型城市建设的出发点和落脚点，落实到创建工作的各个方面。构筑终身教育体系，提供学习供给，满足市民学习需求，着力提高市民的素质，是促进市民全面发展的重要途径，也是深化学习型城市建设的根本任务。市民的学习需求是多样化的，不从这一实际出发，搞一刀切，向市民提供的就是没有学习需求或低学习需求的学习供给，不仅激发不起市民的学习积极性，他们反而会把学习看成累赘与负担，还会浪费教育资源。我们要充分考虑到这一现实，从市民的不同学习需求实际出发，具体情况具体分析，因人而宜，发展形式多样的、层次不同的、丰富多彩的教育，努力使终身教育与终身学习两个方面协调平衡，有机融合，使所有的市民都能享受到终身教育的实际成果，这是深化学习型城市建设所要着力解决的一个重要问题。

（建设学习型城区论坛）

5. 学习型城市的基本特点

相对于传统型城市而言，学习型城市有下列基本特点：

第一，学习理念的普遍性。每个单位、每个组织、每个人都具有强烈的学习意识，把学习视作一种生活方式和手段，作为生活的有机组成部分。特别是城市的决策者、管理者还要树立这些理念：市民的学习权，是市民生存权和发展权的基础，是市民的基本人权的体现，应想方设法加以满足。城市的发展，归根结底取决于城市的学习力，要把学习战略作为城市发展的第一战略来抓。城市市民不断增长的学习文化需求，是人民大众根本利益所在，满足市民的学习文化需求，是城市工作者的根本宗旨和责任，是贯彻"三个代表"重要思想的具体体现。

第二，学习行为的全员性、全程性。在上述的学习理念的指导下，学习成为全体城市市民的自觉行为和终生行动，无论是组织和个人，无不置身于持续学习之中，整个城市形成了良好的学习氛围，"学习活动成为城市的时尚"。

第三，学习机会的平等性，即学习型城市表述中所强调的"城市每一市民的学习基本权利和终生学习需求均能得到保障和满足"。具体来说，在学习型城市中，每一城市市民，特别是城市中处境不利的弱势人群和特殊人群,包括下岗待业失业人员、支边返城无业人员、残疾人员、外来工及其子女、破损家庭成员,社区中家庭妇女和老人,以及新生人员等,均有平等的受教育权和自主的教育选择权,真正体现学习型城市学习者的主体地位。

第四,学习和教育体系的社会性,在上述的学习理念的指导下,"学习与教育成为城市最本质职能",经"学习、教育与城市形成互动、密切交织"的过程,整个城市构建成社会化的学习和教育体系,从而使"学习和教育贯穿于所有市民、所有组织、所有经济社会活动之中"。换句话说,在学习型城市中,学习和教育体系,不再局限于传统意义上的学校系统,而是"超越学校教育的范围",整个城市通过充分开掘和整合社会系统中的各类教育资源,包括有形的与无形的、显性的与隐性的教育资源,构建社会化的学习和教育体系,来承担全民的教育责任。这正如《学会生存》研究报告所指出的那样:"把教育的功能扩充到整个社会的各个方面"。

第五,创新发展的特质性。"创新成为城市的灵魂",学习型城市能"有效地促进城市人的全面发展和城市的可持续发展"。说明学习型城市的价值向度在于促进"两个发展":城市人的全面发展,包括人的需要的全面发展、人的素质的全面发展、人的本质的全面发展;城市的可持续发展,实现城市知识化、信息化,达到经济效益、社会效益、生成效益的协调统一发展。学习型城市最基本的品格在于为每个城市民众提供了一个理想的学习、创新、发展的社会环境,每个人可以在促进城市可持续发展中,创造潜能得以充分开掘,创造才智得到充分施展,自身的社会价值得以充分实现。总之,学习型城市是一个以人为本的城市,是一个有利于城市及其市民大有作为、创新发展的城市。

6. 打造"学习超市" 建设学习型社会

学习型社会是一种以人为本、促进人的全面发展的社会。学习型社会的服务对象是人,是社会中的每一分子。学习型社会要为所有人提供在任何时间、任何地点都可以学习的知识。学习型社会还必须是个性化的和主动式的学习。在学习型社会中,知识就像日常生活中的水或电那样,一打开开关,知识就会汩汩而出。学习型社会中的知识应该构成一个教育网络或知识网络。而"学习超市"为创建学习型社会提供了上述可能。

"学习超市"还具有这样几个优点:优质"课件"可以用于某些传统大学,特别是部分地方大学的课堂教学,有助于解决这些大学优质教学资源不足的问题;学习者可以通过选择和比较获得自己所需要的知识,使学习者摆脱那种普通课堂教学中无法选择老师的被动局面,同时又可推动"课件"制作人员之间的相互竞争,提高"课件"质量;促进硬件资源的共享和管理的规范化、专业化,使教育资源提供者专心于办学或提供教育资源"课件",而遍布全国的招生、辅导、管理以及考试等服务工作,则由"学习超市"管理者在得到学校或教育资源提供者同意和授权之后进行。

以网络教育、自学考试、电大教育等继续教育为主,我国已建立了初具规模的继续教育系统。各网络教育学院在全国各地陆续设立了自己的校外学习中心和辅导教学站,正在逐步形成自己的网络教育服务体系和平台。

中央广播电视大学和各地的广播电视大学组成的电大系统逐步发展和完善。电大系统在全国所有的中等城市设有自己的地方电视大学,在部分县市也设有自己的地方电视大学或辅导站,形成了一个覆盖全国,可连接天(中国教育电视台)、地(电信网)网络的学习系统。电大系统还提供各种培训课程和趣味性课程,其规范管理有利于保证学生的学习质量。随着网络教育的深入开展,电大系统不仅自己开展本科和大专等教育,同时还为其他网络教育学院提供除教学活动之外的其他各类服务。

网络基础设施趋于完善。连接国内所有高等院校的教育科研网已经建成,同时中国电信、中国移动等商用网络也可供使用。改造后的中国教育电视台的数字电视网络,覆盖全国特别是西部和广大农村贫困地区,具有 32 个 IP 频道,可与各种地面的有线 IP 网络互通互联,已在网络教育中发挥巨大作用。

建设好"学习超市",需要政府、社会以及高校等共同参与和推进。

(张尧学)

学习型社区

社区在现代城市社会中的存在已成必然，而且事实上，社区也成了城市微观管理的基本单位。

学习型社区建设是有效推进城市社区建设的一个创新模式。

如何以有效而且具有可操作性的形式来培养居民的共同意识及归宿感，对这一问题的全面回答，可以构成学习型社区建设的基本内涵。

学习型社区建设是以人为本，以社区教育为手段，以学习为动力，以学习型家庭建设和学习型单位建设为重点，以社区居民需求满足和不断提高居民素质为目的，采用多种形式学思想、学文化、学科学，有效调动一切积极因素，营造良好的外部环境，建设现代文明新社区的一种创新形式。

学习型社区是学习型社会的基础，通过社区教育，构建终身教育体系，推动学习型社会的形成。

什么是社区？

社区是社会发展、特别是随着城市发展而产生与发展起来的社会治理和服务的社会基层组织，是现代城市管理的新模式。简单的说，社区就是一种社会生活共同体，或称为“小社会”。构成这个“小社会”的要素是：第一，人，即聚居在某一定地域中的一群人。人是社区的主体。第二，地域，这是人们共同生活的空间。第三，服务设施，这是保证人们共同正常生活的必备条件，如医院、学校、文化、商业等设施。第四，文化，社区文化既有社会倡导的主流文化，如文明社区文化，又有社区的特定文化，社区特定文化由社区这特殊地理位置环境、社区经济发展水平及社区居民的文化素养和职业结构等因素形成。第五，心理，是指社区居民在共同生活中形成的共同的认同心理和归属感，这是社区成员的“粘合剂”。第六，管理，社区管理的特点是自主民主管理，是非权力管理，必要的管理制度和组织机构代表社区居民的主体意愿，保证社区有序运转。

什么是学习型社区？

学习型社区是一个与知识经济和学习型社会相适应的全新

的社区形态。学习型社区是学习型社会的重要基础，既反映学习型社会的特征又有社区特点。它包括以下几个要素：社区组织和成员认同的共同愿景；社区共同学习型系统与机制，共享学习平台：社区各种学习型组织（机关、学校、企业等）；学习型组织理念广泛渗透到社区发展、社区管理、社区文化、社区环境、社区党建、社区家庭、社区成员。学习型社区以知识为资源，以创新为动力，以全员学习、终身学习为基础，以人才为根本，以可持续发展为模式，以教育和科技为依托。建设学习型社区是推进城市社区建设的一种创新模式，通过立体化的社区学习结构，社区内的各单位创建学习型组织，社区管理部门创建学习型部门，社区家庭创建学习型家庭，把学习导入社区建设全过程，使社区成为学习的家园。

学习型社区建设模式与其他社区建设模式相比，不仅让人认识到了社区建设的最终目标就是要建立一个具有共同利益和归属感的现代文明社区，更重要的是它以社区教育为主导，有效地增强人们的共同利益意识和归属感，这就构成了学习型社区建设的基本内涵。

66. 建设学习型社区（村镇）的基本思路是什么？

学习型社区（村镇）是建设学习型社会的重要支撑。在上级党委和政府及有关部门的推进和指导下，探索以街道乡镇党政组织为主导、职能部门负责、社会单位支持、居民积极参与的创建学习型社区(村镇)长效运行机制。统筹辖区内的教育、文化、科技、体育和党建等资源,充分发挥社区文化活动中心、社区学校、社区青少年活动中心、村民学校、信息苑等的学习教育功能,为居民提供丰富便捷的学习机会。针对社区居民学习兴趣和发展需求,注重实用性、多样性、生动性,大力开发和培育居民休闲娱乐、文化教育、技能培训等项目,特别要按照农村城市化的要求,着力推进学习型村镇建设,营造安居乐业、健康和谐的生活环境。

67. 什么是和谐社区?

和谐社区既是和谐社会的基础,也是和谐社会的一面镜子。但他不是和谐社会的简单缩小。社区有自身的特点。和谐社区应当有这几个基本特征:一是居民自治,就是社区党组织核心领导作用得到发挥,社区各项民主制度健全、规范,居民群众在基层经济、政治、文化和其他事务中切实能够当家作主,形成党领导下的充满活力的居民自治机制;二是管理有序,就是社区各种组织健全,职责明确,体制合理,民主协商机制、社会矛盾纠纷调处机制、共建机制健全,各种家庭、不同人群和谐相处;三是服务完善,就是服务设施、服务项目、服务手段齐全,能够为社区居民高度个性化的需要提供满意的服务;四是治安良好,就是群防群治网络健全,社区安全防范体系完善,社区秩序井然,居民群众安居乐业;五是环境优美,就是社区内建筑、绿化、垃圾分类、污水处理、能源利用等符合环保要求，居民普遍具有较强的公德意识、环保意识，人人养成节约、环保、卫生的良好习惯；六是文明祥和，就是居民群众崇尚学习，群众性精神文明创建活动普遍开展，学习型家庭、学习型楼组普遍建立，居民遵纪守法，邻里团结和睦，文明礼貌，健康、科学、文明的生活方式得到倡导和推行。

68. 建设和谐社区对构建和谐社会有何意义？

和谐社会与和谐社区紧密相联，构建社会主义和谐社会以社区为基础。社区是社会的基本单元，是居民群众的社会生活共同体。建设和谐社区对构建和谐社会的意义表现在：

第一，和谐社区为构建和谐社会奠定坚实基础。构建和谐社会的居民群体在社区。今天，社区已经成为各种社会群体的聚集点。生活在社区中的各种人群都会对构建和谐社会产生重要影响。通过和谐社区建设，努力使社区在提高居民生活水平和质量上发挥服务作用，缓和不同群体的矛盾，引导不同类型群体和谐相处，这对于构建和谐社会无疑具有十分重要的意义。

第二，和谐社区对维护社会稳定发挥重大促进作用。社区是区域性的社会共同体，集中反映了我国改革发展中的许多社会矛盾。如失业人员、未就业的大中专毕业生以及涌向城市的农村大量富余劳动力等，交织在一起引起的社会矛盾；改革深化带来利益的深层次调整，不同群体之间的利益矛盾日益复杂，贫富差距易诱发社会矛盾；各种思想文化相互激荡，黄、赌、毒等消极现象引起的矛盾。通过建设和谐社区,使社区在维护社会稳定,为群众创造安居乐业的良好环境上发挥促进作用,引导居民、重法治、讲道德、守秩序,以理性、合法的形式表达利益要求,把问题解决在基层,处理在萌芽状态,这对于构建和谐社会具有十分重要的作用。

第三,社区是构建和谐社会各项任务的落脚点。党和政府构建和谐社会的各项方针、政策和工作部署,都要在社区贯彻实施;居民群众的意愿和要求,要靠社区去了解和反映;推动城市社会主义物质文明、政治文明、精神文明与和谐社会建设全面发展,要靠社区组织居民去实现。社区的工作都做扎实了,构建和谐社会的各项任务才能真正落到实处。

69. 建设和谐社区具体从哪几方面着手?

建设和谐社区总的方面要按照构建社会主义和谐社会的"民主法治、公平正义、诚信友爱、充满活力、安定有序、人与自然和谐相处"的方针,重点可从以下几个方面着手:

一是,加强社区党建,为建设和谐社区提供保证。积极主动地把社区党建工作融合到搞好居民自治、加强社区管理的活动中去,深入到拓展社区服务、搞好社区治安的具体工作中去,渗透到繁荣社区文化、改善人居环境的实践中去,增强社区党组织在居民群众中的凝聚力和号召力。

二是,推进基层社会民主,完善居民自治。做到"四个完善"、

"四个保障":完善公开制度,保障居民群众的知情权。完善居民参与制度,涉及居民利益的重大决策应及时听取居民群众的意见,保障居民群众的参与权。完善居民民主选举制度,保障居民群众的选举权。完善民主监督制度,保障居民群众的监督权。

三是,加强社区管理,提高基层治理水平。重点建立健全四个机制:居民自我管理机制、社区管理共建机制、协商机制和指导监督机制。在社区党组织领导下,充分发挥居民会议、居民委员会、居民小组在社区管理中的主体作用。同时,努力实现社区居民自治组织的全覆盖,社区各单位、物业管理机构和社区民间组织积极参与社区事务管理,充分发挥各类机构和组织的作用,努力实现政府行政管理与社区居民自我管理的有效对接,政府依法行政和社区依法自治的良性互动。要注重推行现代信息技术在社区管理中的运用,实现社区办公、服务管理的自动化、现代化,有条件的地方要加快建设信息快速反应管理平台,提升新型现代社区的管理水平。

四是,拓展社区服务,提高居民生活质量。在政府对社区服务统筹规划、分类指导和政策监管下,社区建立和完善"一站式"、"一门式"服务,公共信息化服务,不断提高社区服务的质量和管理水平。

五是,搞好社区治安,促进社会稳定。积极构筑以社区民警为主导,社区治保会和物业保安为依托,社区居民积极参与的群防群治网络,规范和维护社区生活秩序。完善人民调解工作机制,使社区内部矛盾得到及时、正确处理,深入开展普法宣传和法制教育,引导居民以理性合法的形式表达利益要求,解决利益矛盾,维护安定团结。

六是，繁荣社区文化，促进社会进步。充分利用社区文化站(室)、社区课堂、社区广场等文化活动设施，积极开展丰富多彩、健康有益的文化、体育、科普、教育、娱乐等活动，倡导科学文明健康的生活方式。改善人居环境，促进人与自然和谐发展。加强对社区环境的综合整治，切实搞好社区的绿化、美化、净化，为居民群众营造干净、整洁、卫生的生活环境。

70. 学习型社区与和谐社区有什么联系？

在前面关于学习型社会与和谐社会是什么关系的问题中已经作了很清楚的回答。这个问题与前面的问题基本一样，学习型社区主要是从社区文化建设角度讲的，和谐社区主要是从社区政治治理角度讲的，指导我们把社区经济建设、政治建设、文化建设、社会建设四位一体，也是我们社区建设中处理更复杂、更突出的矛盾和问题，妥善协调各方面的利益关系的根本原则。学习型社区与和谐社区，两者既相互联系又各有侧重。

71. 建设学习型社区为什么必须以人为中心？

建设学习型社区，必须坚持以人的发展为中心，以提高人的综合素质为目的，以社区成员终身学习为重点。有人说：社区是人生的驿站，社区是生活的港湾。确实，一个人除了在单位工作外，大半人生都是在社区度过的。社区的人文环境、自然环境，社区的民风民情、文明程度，对每一个人都产生着极其重要的作用。社区是社会成员的利益共同体，努力提高社区成员的综合素质和文明程度，有利于培育社区意识，增强社区的凝聚力，形成积极向上的社会道德风尚和文明、和谐、健康的社会环境；有利于强化社区功能，发挥社区成员“自我教育、自我管理、自我服务”的作用；有利于动员社区力量、整合社区资源，营造良好的人文环境。

72. 学习型社区在构建和谐社会中有哪些作用？

社区是构建社会主义和谐社会的基础。社区和谐，则社会和谐；社区不稳定，则社会不稳定。加强社区建设对于巩固我们党的执政基础、提高党的执政能力，落实科学发展观，改进社会管理方式，促进人的全面发展，具有十分重要的意义与作用。

以上海市为例，随着上海这几年社会发展，社区成为社会和谐发展的基础作用越来越突出。这几年，数百万“单位人”转变为“社会人”，社区成为“社会人”的生活载体，数百万外来人口注入社区。成千上万的新经济组织和新社会组织（简称“两新”组织）活跃在社区。各种需求、各种利益、各种矛盾汇集到社区，社区成为社会生活的一面镜子。建设和谐社区成为构建和谐社会的基础工程。所以，上海提出了“党的领导有力、行政管理有序、社会广泛参与、人民安居乐业”的社区建设总体目标。这几年，上海社区民主自治管理进一步发展,社区服务体系渐趋完善。

73. 建设学习型社区与全面小康是什么关系?

党的十六大提出建设全面小康社会的新的奋斗目标。应当说,建设和谐社区是落实全面小康的重要载体和途径。全面小康社会与今天相比,有六个“更加”:“经济更加发展,民主更加健全,生产更加进步,文化更加繁荣,社会更加和谐,人民生活更加殷实”。和谐社区的特征应该是这六个“更加”的进一步具体化和细化。在一个和谐社区里,生活十分便利,环境十分优美,治安十分稳定,文化生活十分丰富,人际关系十分融洽。从目前来看,社区建设无论从哪一方面看,都还没有达到“十分”的程度,社会转型期的突出矛盾在社区都有反映,社区建设任务十分繁重。建设全面小康社会,将使社会管理的重心下移到社区,社区在城市建设与发展中的地位与作用越来越突出。可以这样说,如果没有和谐社区,就没有全面小康社会,就没有和谐社会。

74. 学习型社区为什么要建立知识共享的平台?

社区人员结构的广泛性,给社区带来深厚的知识资源。这些知识储藏在各人的头脑中,如果建立开放的、网络性的知识共享平台，通过社区成员相互间的知识交流，实现知识共享，使各种知识为社区建设服务，建设学习型社区就有了可靠的智力基础。教育培训和书本学习是增加社区成员知识存量的常见方式，但这在今天已不是一种低成本的和最有效的方式。知识共享平台不仅在低成本的条件下实现知识的增加，而且通过社区成员的创造力，包括开发社区成员的创业能力、科技创造能力、文化创造能力等，使社区成员的个人创造能力转变为社区创造能力的提升，实现建设学习型社区的目标。

75. 建设学习型社区主要有哪些载体？

学习型社区是和谐社区的基础。学习型社区首先要创新学习型社区管理，社区各类管理组织和机构，把管理过程变成学习过程，工作学习化、学习工作化。第二，学习型社区体现在良好的学习环境和氛围。学习型社区是社区文化的绿洲。要善于利用和挖掘社区内的各种教育资源，如各类学校、企业的培训设施和社会的文化馆、图书馆、体育馆、影剧场等，合理配置，成为社区共同学习的场所。第三，要充分利用社区的学习人力资源，如离退休老师、机关干部、企业管理人员等，发挥他们的特长，成为社区学习的教练和志愿者。第四，大力推进创建学习型家庭，使每个家庭成为温馨和谐的学习之家。这样，在社区里，人人学习，时时学习，处处学习，学习成为社区的生活方式，学习成为社区建设的推动力。

76. 建设学习型社区的核心是什么？

提高学习力、创造力是建设学习型社区的核心。一些同志把建设学习型社区，理解为“读书”、“学习”，搞一些读书活动。很多地方在建设学习型社区初期，十分重视丰富社区各种学习活动，这些是学习型社区应该有的，但这样的“学习”不是“学习型组织”所说的“学习”的根本点，也不是建设学习型社区的根本内容。各种“学习活动”仍然以社区成员个体学习为主，没有实现从个体学习向团队学习的转变。虽然通过“学习活动”，社区部分成员的知识有所增加，但作为社区这一组织的知识总量却没有显著增加。更重要的是，社区作为一个整体没有实现从知识到能力再到成果的转变和跳跃，没有实现社区组织绩效的提升。

学习型社区的学习是新知识的创造过程。这种学习不是对既有知识简单的汲取和积累，而是针对所面临的外部环境变化，对所掌握的信息或知识进行整理、分析、发展，这是形成新知识、获得新能力的过程。以提升学习力、创造力为核心建设学习型社区，通过社区成员在物质、科技和文化等领域保持创造性，使我们的物质财富和精神财富都能够满足社区成员迅速增长的物质和文化生活需要，从而提高居民的生活幸福度。建设学习型社区的目的是创造新知识，适应新环境，提高社区成员和整个社区生存和发展的能力。新知识的创造又是以物质财富的创造和精神财富的创造为标志。社区作为城市和社会的有机组成部分,它所面对的外部环境呈现出复杂和动态的特点。所以,提升学习力、创造力是建设学习型社区的核心。

77. 怎样理解学习型社区是一所学校?

学习型社区本身就是一所开放的学校。如:为社区居民提供各种免费的职业技能培训、人才交流信息,并帮助居民进行就业指导,帮助大、中等学校毕业生进行职业发展规划,帮助下岗再就业人员选择和推荐工作,撰写求职信和工作简历等。社区本身也可以安排一部分就业机会。学习型社区为居民提供图书馆、电脑和网络,健身娱乐设施和活动场所等;为各个年龄段的居民提供丰富多彩的健康的娱乐活动。例如,为青少年提供健康的电子读物和电子游戏,一方面可以普及电脑知识,另一方面可以把孩子从游戏厅引入学习室。

78. 学习型社区领导需具备哪些素质?

学习型社区领导应具备的主要素质是:首先要有现代思维方式,运用系统思考来考察社区的外部环境,分析社区存在的优势和问题,在此基础上建立起社区的共同愿景,动员社区居民共同参与建设学习型社区活动。第二，要有解决复杂矛盾和问题的能力。我们正处于社会转型期，社区人员组成结构、社区功能、社区意识均已发生了深刻的变化。首先，社区人员组成结构多样化。随着大量的“单位人”、“外地人”和“农村人”变成“社区人”，社区已成为汇聚不同阶层、不同人群，包罗万象的社会基层组织。其次，社区意识多元化。各种意识、不同价值观、多元文化交织碰撞、融合、接纳。这些深刻变化决定了建设学习型社区的复杂性和艰巨性。第三，要有较高的领导力。在学习型社区中，政府工作的职能要从计划者、控制者和指挥者，更多地向指导者、服务者、实际活动的参与者和优秀的学习者转变。为社区总的发展方向指明道路，为群众提供多样而灵活的公共服务，加强公共管理质量，有效配置公共资源，促进形成稳定统一的现代社会经济政治秩序，保障社会可持续健康发展。

79. 建设学习型社区一定会促进社区发展吗？

美国社会学家弗兰克·法林顿最早提出“社区发展”的概念。二次大战后，联合国把“社区发展”作为一种世界性的运动予以倡导，其主要意思是指社区要依靠自身力量来提高社区的经济发展水平，解决社区存在的问题。我国在20世纪90年代初开始重视社区发展，采取各种措施加强社区建设。这是在社会主义市场经济条件下，加强社会管理和服务的必然选择。

社区发展主要包括这些内容：一是社区经济。以提供社区服务为主的经济，分为有偿服务与无偿服务。二是社区文化。丰富多彩的群众性的教育、科普、体育、娱乐活动与设施。三是社区生态环境。治安、卫生、绿化等。

社区发展目标：一是以构建和谐社区为根本，以人为发展的中心，适应城市现代化的要求，全面提升社区品质；二是以拓展社区服务为着力点，努力实现社区服务网络化和产业化，不断满足社区大发展的物质和精神需求；三是改革社区管理、实现自我管理、自我教育和自我服务；四是充分利用和合理整合社区各种资源，为社区发展服务，为满足社区居民物质文化需求服务。

80. 建设学习型社区有利于增强社区居民的共同利益吗？

社区居民的共同利益不是人为强加于他们的，而是客观存在的。现代化社区看上去使居民之间的联系，居民与社区管理组织的联系减弱了，其实改变的仅仅是它们朴素联系的方式和渠道。社会现代化程度愈高，人们的联系愈紧密，而不是越来越相互隔离。

过去单位承担的社会功能已经大部分向社区转移，如社会服务、社会保障和社会救助等，这就使居民与社区的联系越来越紧密，共同利益越来越多。同时，社区建设也需要社区居民的共同行动来实现，社区居民尽管独立性、私密性很强，但生活在同一个社区，就存在共同利益，如社区的安全秩序、文明卫生等。

建设学习型社区通过建立社区共同愿景，使社区共同利益成为社区存在与发展的基础。学习型社区一定会增强社区成员的共同利益，也就一定能促进社区发展。

81. 学习型社区怎样实现社区党建全覆盖?

社区党建全覆盖是贯彻落实党的十六大提出的“切实做好基层党建工作，增加党的阶级基础和扩大党的群众基础”要求的重要措施。实现社区党建全覆盖是新时期社区党建工作的新课题，只有通过学习、实践、再学习、再实践，不断的探索，才能做到。

首先，要健全社区党的领导体制。应该看到，这几年社区结构发生了很大变化，从比较单一的结构形态走向了多元结构形态。过去，街道党工委主要是领导居民区党组织开展工作。现在，社区有行政组织、居民区和驻区单位三条线，呈现多元状态。因此，社区党建工作全覆盖，要适应当前社区的新情况，改进党的领导体制，党工委组成人员体现广泛性，增加协调各方的能力，从组织结构上为社区党建全覆盖创造条件。

第二，要创新工作方法，增强社区党组织的服务意识。要领导群众，必须服务群众。服务群众要形成机制，提高做群众工作的针对性和有效性。社区党组织要为驻区单位服务，完善协调机制，正确反映和兼顾不同群体的利益，调动一切积极因素，实现社区建设共同目标。

第三，提高社区党组织领导社会的能力。探索与加强对“两新"组织党建工作的领导。"两新"组织有许多不同于国企的新情况、新特点,党建工作的传统做法很大部分不适应"两新"组织的特点,必须认真研究和探索。社区党员也有许多新的情况,如何通过凝聚社区党员达到凝聚群众、凝聚社会,是社区党建工作的新课题。

82. 学习型社区党建工作要破解哪些难题?

社区党建工作从区域上看,比一个单位的党建工作,如一家企业、一所学校的党建工作更宽广。因为,在一个社区区域内,不但有社区党组织,还有各类企事业单位党组织,还有"两新"组织中的党组织。党员中有在职党员和非在职党员。这给社区党建工作带来许多新情况、新特点。从党建工作内容看,社区党建工作同样要以贯彻党的十六大精神为指导,落实建设和谐社会的各项任务,在推进社会各项建设和管理中,保持社区党组织和党员的先进性。从党建工作方式上看,社区党建工作要把服务群众作为工作的出发点和归宿点,党建工作促进社区的经济繁荣,文明安定、环境优美、功能完善和生活方便。

由于社区党组织的多样性和分散性,社区党员的流动性,社区党建工作要不断研究新情况,健全组织工作机制,加强信息反馈和情况沟通,掌握动态,增强前瞻性和预见性,调动社区各党组织的积极性,优势互补,共同参与,提高党组织的凝聚力和战斗力。

社区居民自治与加强社区党组织的领导是不是有矛盾？

这两者并不矛盾。社区居民自治不是脱离党组织领导的自治，而是在党组织领导下的民主政治建设。当然，在社区居民自治组织中，如何加强党的领导是一个崭新的课题，既要防止放弃领导的倾向，又要防止领导一切的倾向。党组织加强对社区自治组织的领导主要是思想上、政治上、政策方面的；方法上是引导型、说服型、教育型，而不是包办式、替代式、命令式。学会在社区自治组织中凝聚群众、团结带领群众前进的本领，是在社会转型期改进党的领导的重要内容。社区党组织要在实践中善于学习、善于创新，提高自己的领导水平。

社区党建工作与建设和谐社区是什么关系？

在建设和谐社区中，社区党建工作占有特别重要的地位。一方面，把建设和谐社区作为社区党建工作的重要目标；另一方面，党建工作又促进和谐社区的建设。社区党组织对社区各类组织实行政治领导，这是党的执政地位所决定的。社区党组织系统的、完备的组织体系，为建设和谐社区提供了组织基础。社区广大党员的先锋模范作用，是建设和谐社区的骨干力量。党的群众工作和思想政治工作的优良传统和在新时期的创新，是建设和谐社区的思想保证与有力支持。同样，建设和谐社区又为社区党建工作提供了广阔空间和舞台，对社区党建工作提出了许多新的课题，譬如：在建设和谐社区中，怎样把“三个代表”重要思想和建设全面小康社会的任务落实到社区？在社区居民自治组织和其它各类组织中，怎样提高社区党组织的战斗力和影响力？怎样保持党组织和党员的先进性？在探索和实践中，社区党组织的执政能力和执政水平也会得到提高，这些对巩固党的执政地位具有重大作用。

85. 学习型社区提倡社区居民自治吗？

社区居民自治是在社会主义市场经济条件下，城市管理体制的创新。所谓社区居民自治是指社区成员通过自治组织（如居民委员会），进行自我管理、自我学习和自我服务，创造和谐家园。社区居民自治首先是一种管理体制创新，既有利于政府职能的转变，又使社区居民自治组织成为政府的依托。第二，社区居民自治适应了社会发展和社区发展的需求，缩短了居民需求与满足需求的距离，是社区管理的一种“短流程”，自治管理能在最直接、最迅速地了解社区居民的迫切需求，并容易找到满足这种需求的方案。第三，社区居民自治是加强民主政治建设的重要方式，调动了公民的政治参与热情，开辟了公民参与社会管理事务的渠道，这对促进全社会的乃至整个国家的民主政治建设都具有重大作用与意义。需要指出的是：社区居民自治并不是排斥或弱化政府的主导作用，仍是属于政府主导型的自治。社区居民自治为建设法治政府、服务政府和高效政府创造了空间和条件，两者相辅相成、相得益彰。

86. 学习型社区与绿色社区是什么关系？

绿色社区主要是一种社区环保概念。1996 年北京一个街委会首倡生活垃圾分类，逐渐形成了"让环保走进生活"、"让环保走进社区"的绿色社区理念。绿色社区的主要标志是：有健全的环境监督管理体系，有完全有效的污染防治措施，有健康优良的生态环境，有浓厚的环境文化，有节能、节水的公众意识。因此，绿色社区是指自主建立并保持社区环境管理体系和环保公众参与机制的社区。这里特别强调的是环保公众参与机制极其重要。绿色社区建设如果没有公众的参与，很难见效。社区人人要有环保意识和环保行动。公众环保意识一靠宣传教育，二靠提高社区居民的文明素养，三靠管理制度，三者结合，才有效果。环保走进生活、走进社区，首先环保要走进人们的大脑；建设绿色社区，首先人人要有"绿色"意识。关爱社区环境，就是关爱自己。社区居民人人有了自觉环保的意识，社区环保工作中许多难题就会迎刃而解。

87. 建设绿色社区具体要做哪些工作？

建设绿色社区首先要切实改善人居环境，促进人与自然和谐发展。要加强对社区环境的综合整治，切实搞好社区的绿化、美化、净化，搞好垃圾分类处理、噪声污染治理、水资源的再生利用等工作，为居民群众营造干净、整洁、卫生的生活环境。第二要健全社区环境保护管理制度，建立传染病、公共卫生、食品安全紧急事件反应机制，不断提高危机应对能力。要大力普及环保和应付突发事件知识，不断增强居民群众环保意识，提高自救互救能力。第三要广泛发动居民积极参与社区环保、社区减灾活动，引导居民自觉按照可持续发展的要求，改变不适合社会文明的生活方式、生活习惯，推行绿色消费，选用清洁能源，配合做好垃圾无害化处理，共同建设美好家园。

88. 什么是社区"社会组织"？

社会组织又叫非政府组织。这类组织不是我国独有的，在发达国家早已出现，英文简称"NGO"。我国将"非政府组织"习惯上称为"社会组织"。这类组织是在城市改革发展过程中产生的，社区里的居民委员会、社区服务中心、业主委员会、物业管理公司等，都属于社会组织范畴。社会组织是非政府、非盈利的社区自治组织。

各类社团组织、行业协会等社会组织是他们所联系的社会阶层与党和政府之间的桥梁和纽带。社会组织依法提供政策和知识咨询服务，反映民意民愿和群众利益诉求，规范行业行为，协调团体和行业与政府以及社会之间的关系。大力培育、发展和规范各类社会中介组织，发挥他们在文化、教育、体育、医疗、保健、保险等领域的监督、咨询、代理等方面的服务职能，可以形成社会管理和社会服务的合力。

89. 什么是社区文化？

社区文化广义上指社区物质财富和精神财富的总和，狭义上指社区的文化理念与环境。社区文化包含三个方面，一是价值观，它表现为学习在人们生活中的地位，是人们对学习活动的价值评价。二是共同愿景。实际上是具体化的生活追求目标和愿望，表现人们对社区发展未来的期待。三是行为准则。表现为人们的文化教养和科学文化素质及行为习惯。

社区文化具有广泛的群众性、灵活的个体性、内容的多样性、形式的休闲性、特点的民俗性等特征，是社会文化、地域文化和民族文化的基础。社区文化对提高社区群众的思想道德素养和科学文化知识，十分重要。

学习型社区文化有哪些作用?

学习型社区文化首先是社会文化、城市文化的反映,同时又具有一定社区特点的社区居民的共同价值观和认同感。从狭义角度讲,社区文化是指社区群众性的学习、文化、娱乐和体育活动等。社区文化是社区文明的反映,一个没有文化氛围的社区只不过是一群人的聚集地,没有生气和活力。社区文化是协调人际关系的纽带,人们在社区文化活动中,打破了一切身份界限,大家都是共同学习、共同娱乐的伙伴。社区文化活动可以增强人与人之间的了解与互信,促进形成社区的亲和力与凝聚力。社区文化是社区发展的重要组成部分,因为这是人们的精神与物质生活的方式。社区发展目标应包括社区文化发展的目标。满足社区居民文化生活需求和提高居民的生活水平,实现健康、文明、现代的生活方式,既是社区发展的重要目标又是社区文化的重要指标。社区文化建设需要一定的场地和资金投入,要善于整合社区的文化资源或可开发利用的资源,资金应多渠道筹措,但不要增加社区居民的负担。

什么是荣辱观?

荣辱观古已有之。我国古代的优秀思想十分突出荣辱观。“不知荣辱乃不能成人”、“宁可毁人,不可毁誉”、“宁可穷而有志，不可富而失节”等格言警句，是我们民族珍贵的精神和思想财富，对我们今天进行社会主义荣辱观宣传教育有积极的借鉴意义。传统荣辱观主要是一种道德标准。它告诉人们什么是光荣、什么是耻辱，什么是应该做的、什么是不应该做的，什么是应该提倡的、什么是应该摒弃的。从根本上说，荣辱观是由世界观、人生观、价值观所决定的。不同的荣辱观，是不同的世界观、人生观、价值观的反映。荣辱观渗透在整个社会生活之中，不仅影响着社会的风气，体现着社会的价值取向，标志着社会的文明程度，而且对社会的经济发展有巨大的反作用。荣辱观念，在不同的时代、不同的民族，是有区别的。

92. 什么是社会主义荣辱观？

2006 年 3 月 4 日，胡锦涛同志在全国“两会”期间看望政协委员时，发表了关于树立社会主义荣辱观的讲话。胡锦涛同志说，在我们的社会主义社会里，是非、善恶、美丑的界限绝对不能混淆，坚持什么、反对什么，倡导什么、抵制什么，都必须旗帜鲜明。胡锦涛同志提出以“八荣八耻”为主要内容的社会主义荣辱观：“坚持以热爱祖国为荣、以危害祖国为耻，以服务人民为荣、以背离人民为耻，以崇尚科学为荣、以愚昧无知为耻，以辛勤劳动为荣、以好逸恶劳为耻，以团结互助为荣、以损人利己为耻，以诚实守信为荣、以见利忘义为耻，以遵纪守法为荣、以违法乱纪为耻，以艰苦奋斗为荣、以骄奢淫逸为耻。”倡导树立社会主义荣辱观，抓住了当前人民群众普遍关心的一个问题。这是建设学习型社会、构建社会主义和谐社会一个十分重大的问题，体现了在科学发展观的指导下，将依法治国与以德治国有机结合起来，将经济建设、政治建设、文化建设、社会建设融为一体的我国社会主义现代化建设总体布局。胡锦涛同志提出的“八荣八耻”社会主义荣辱观，着眼当代中国发展的全局，面向中华民族的未来，紧密联系当前社会风气中存在的突出问题，汲取了我国传统荣辱观的精华，具有鲜明的民族性、时代性和实践性。

93. 社会主义荣辱观的核心是什么？

“八荣八耻”的社会主义荣辱观的核心是为人民服务的精神境界和爱国主义、集体主义、社会主义的思想情操。每一个公民必须首先树立对国家对人民的责任感。“天下兴亡，匹夫有责。”对于国家的强烈的责任感、归属感和认同感，以国家之荣为荣，以国家之耻为耻，是社会主义荣辱观的核心。人类社会有共同的荣辱观，如爱国主义。但在不同的社会制度下，荣辱观也有区别。资本主义荣辱观和社会主义荣辱观就有区别。资本主义荣辱观是主张个人自由主义，社会主义荣辱观体现集体主义原则，提倡为社会、为民族、为国家奉献为荣的社会主义荣辱观，不赞成唯利是图、个人利益至上。“八荣八耻”社会主义荣辱观，指导我们摆正个人、集体、国家三者关系，正确处理个人与社会、竞争与协作、先富与后富的关系，这是我们构建和谐社会的应有之义。现代社会生活多样性，给了每个人选择自己生活方式的自由。但不论怎样选择，都不能离开做人的底线，都不能颠倒是非，以丑为美，以恶为善，以耻为荣。社会主义荣辱观是在我们从传统社会向现代社会转型时，必须树立的社会价值观和个人人生观。它应当成为我们这个社会的共识，也应当成为每个人做人的准则。

94. 为什么说社会主义荣辱观体现科学发展观？

科学发展观是社会发展思想的提炼和升华，是引领我国经济社会健康持续发展的根本指针。科学发展观的实质是以人为本。只有以人为本，才能坚持发展为了人民，发展依靠人民，发展的成果由人民共享。具有高尚的精神境界和道德情操的人，是推动国家科学发展的主体。“八荣八耻”的社会主义荣辱观，为新形势下以德立人指明了方向，是以人为本的科学发展观的重要组成部分。所以，我们要从贯彻落实科学发展观的战略高度，把树立社会主义荣辱观作为提高人的素质、促进人的全面发展的基础性工程和长期性任务，切实抓紧抓好。

95. 进行社会主义荣辱观宣传教育的现实意义是什么？

改革开放以来，我国社会主义现代化建设取得了举世瞩目的巨大成就，人们的观念发生很大变化，已经冲出长期的封闭状态，开始融入世界。这是我们党领导全体人民艰苦奋斗，力图实现民族复兴、国家富强、人民安康的伟大进程，也是我们从传统社会迈向现代社会的历史过程。改革与发展的经验告诉我们：发展的目的在于人，发展的动力在于人，发展的实现依靠人。促进人的全面发展，实现人民的愿望，满足人民的需要，维护人民的利益，这是社会主义现代化建设事业的根本所在。

当前，我们国家进入全面建设小康社会，加快推进社会主义现代化建设的新阶段。“八荣八耻”的社会主义荣辱观，顺应民心、民意，反映社会和民族进步的潮流，适应了我国构建和谐社会的要求。在我国发展的过程中，一些地方和领域出现了重经济指标、轻社会进步，重 GDP 指标、轻人的发展，重眼前利益、轻长远利益的现象。在现实生活当中，存在着荣辱不分、是非不明、美丑不辨的现象。人民群众对不符合社会主义荣辱观的现象和行为，非常反感，已经成为构建和谐社会的一个障碍。化解这些矛盾和问题，根本办法还是在全社会倡导“八荣八耻”的社会主义荣辱观，依靠具有社会主义荣辱观的人去推动科学发展、实现科学发展。

96. 建设学习型社区过程中怎样进行社会主义荣辱观宣传教育？

进行社会主义荣辱观宣传教育是建设学习型社区的重要课题之一。社区应该根据实际情况，开展生动活泼、富有成效的社会主义荣辱观宣传教育。以下几种方法可供参考：

第一，大力宣传社会主义荣辱观，做到深入人心。采用多种形式，通俗易懂地宣传“八荣八耻”的社会主义荣辱观，让大家知道什么是光荣，什么是可耻；什么是善，什么是恶；什么是美，什么是丑。

第二，开展“八荣八耻”社会主义荣辱观大家谈，用社区身边事例宣传，使大家看到“八荣八耻”社会主义荣辱观就在我们身边，就在我们身上，启发大家从我做起，从小事做起。

第三，社区学校进行“八荣八耻”的社会主义荣辱观培训，培训重点是家长。提倡社会主义荣辱观，家长必须以身作则、率先垂范，自己要懂廉耻、讲荣辱。提倡什么、反对什么；坚持什么、抵制什么，要从自己做起，为孩子做出榜样，树立良好形象。

第四，社区为青少年健康成长提供社会实践舞台。青少年正处在世界观、人生观、价值观形成的重要时期。他们形成一个什么样的人生理想、什么样的道德习惯、什么样的思维方式都将决定着他们的一生，最终也决定着我们这个社会、民族的未来。社区要引导青少年在社会实践中，体验社会主义荣辱观，如组织志愿者活动，帮助社区困难群众。青少年在现实的社会环境中养成高尚道德、形成正确的荣辱观。

第五，“八荣八耻”的社会主义荣辱观宣教工作与社区各项工作结合。与社区日常的管理结合，与社区文化建设结合，与社区精神文明建设结合。使“八荣八耻”的社会主义荣辱观转化为社区风尚，形成扬善惩恶的环境氛围。

97. 建设学习型社区对社区教育提出什么要求？

发展社区教育是建设学习型社会的基础之一，也是社区建设的重要内容。社区通过提供多样化的教育服务，满足社区居民的学习需求。把社区教育发展纳入区县经济社会发展整体规划，形成以社区学院为龙头，街道乡镇社区学校为骨干，社区内中小学校、居民小区办学点、村民学校为基础的社区教育三级网络，开展多层次、多内容、多形式的市民教育，并为中小学生校外教育、学龄前儿童教育提供服务。社区文化活动中心建设和中小学校布局调整相结合，建设好社区学校。加强社区学校课程和教材建设，开发一批适应居民需求的课程教材，并建设一支专业化社区教育工作者队伍，发挥教育志愿者作用。

社区还要努力促进老年教育。开展老年教育有利于提高老年人生活质量。在社会老年教育网络支持下，充分利用广播、电视和远程教育网，办好街道乡镇老年学校、居(村)委会老年学校办学点，开发一批适合老年人需求的课程，积极为老年人创造学习条件。

98. 我国《科学素质纲要》实施目标是什么？

我国《科学素质纲要》指出，到 2010 年，科学技术教育、传播与普及有较大发展，公民科学素质明显提高，达到世界主要发达国家20世纪80年代末的水平。到2020年，我国科学技术教育、传播与普及有长足发展，形成比较完善的公民科学素质建设的组织实施、基础设施、条件保障、监测评估等体系，公民科学素质在整体上有大幅度的提高，达到世界主要发达国家21世纪初的水平。

99. 学习型社区成员应该有怎样的科学素质？

我国《全民科学素质行动计划纲要》指出：以邓小平理论和“三个代表”重要思想为指导，坚持科学发展观，发挥政府主导作用，充分调动全社会力量共同参与，大力加强公民科学素质建设，促进经济社会和人的全面发展，为提升自主创新能力和综合国力、全面建设小康社会和实现现代化建设第三步战略目标打下雄厚的人力资源基础。科学素质是公民素质的重要组成部分。公民具备基本科学素质一般指了解必要的科学技术知识，掌握基本的科学方法，树立科学思想，崇尚科学精神，并具有一定的应用科学知识处理实际问题、参与公共事务的能力。全民科学素质行动计划旨在全面推动我国公民科学素质建设，通过发展科学技术教育、传播与普及，尽快使全民科学素质在整体上有大幅度的提高，实现到本世纪中叶我国成年公民具备基本科学素质的长远目标。

社区居民同样应该有科学素质。建设学习型社区，必须把提高社区居民的科学素质放到重要地位，针对社区居民的科学素质实际状况，进行科学素质教育。

100. 提高社区居民科学素质有什么意义?

公民科学素质建设是坚持走中国特色的自主创新道路,建设创新型国家的一项基础性社会工程,是政府引导实施、全民广泛参与的社会行动。改革开放以来,特别是实施科教兴国战略以来,我国公民科学素质建设有了较大的发展,但仍存在许多问题。根据有关机构的调查,我国公民科学素质水平与发达国家相比差距甚大。公民科学素质的城乡差距十分明显,劳动适龄人口科学素质不高;大多数公民对基本科学知识了解程度较低,在科学精神、科学思想和科学方法等方面更为欠缺,一些不科学的观念和行为普遍存在,愚昧迷信在某些地区较为盛行。人均接受正规教育年限低于世界平均水平;因长期受应试教育影响,学生科学素质结构存在明显缺陷;社会教育、成人教育的发展尚不全面和深入,公民缺少接受终身教育的机会。公民科学素质建设的公共服务未能有效满足社会需求,公民提升自身科学素质的主动性尚未充分调动。公民科学素质水平低下,已成为制约我国经济发展和社会进步的瓶颈之一。

提高社区居民科学素质,对于增强社区居民获取和运用科技知识的能力、改善生活质量、实现全面发展,对于提高社区自主创新能力和建设创新型国家,实现社区经济、社会全面协调可持续发展、构建社会主义和谐社区与和谐社会,都具有十分重要的意义。

101. 学习型社区实施公民科学素质行动计划的方针是什么？

今后15年，我国实施全民科学素质行动计划的方针是“政府推动，全民参与，提升素质，促进和谐”。政府推动：各级政府将公民科学素质建设作为全面建设小康社会的重要工作，加强领导。各级政府将《科学素质纲要》纳入有关规划计划，制定政策法规，加大公共投入，推动《科学素质纲要》的实施。社会各界各负其责，加强协作。全民参与：公民是科学素质建设的参与主体和受益者，要充分调动全体公民参与实施《科学素质纲要》的积极性和主动性，在全社会形成崇尚科学、鼓励创新、尊重知识、尊重人才的良好风尚。提升素质：提高公民科学素质是《科学素质纲要》的出发点和落脚点。通过实施《科学素质纲要》，推动形成全民学习、终身学习的学习型社会，促进人的全面发展。促进和谐：认真落实科学发展观，以人为本，实现科学技术教育、传播与普及等公共服务的公平普惠，促进社会主义物质文明、政治文明、精神文明建设与和谐社会建设全面发展。

社区实施科学素质行动计划也要依据这一方针，在政府推动下，组织社区居民广泛参与，提高社区居民科学素质，促进学习型社区与和谐社区建设。

102. 学习型社区实施科学素质行动计划如何着手？

社区实施公民科学素质，首先要促进科学发展观在社区的树立和落实。重点宣传普及节约资源、保护生态、改善环境、安全生产、应急避险、健康生活、合理消费、循环经济等观念和知识，倡导建立资源节约型、环境友好型社会，形成科学、文明、健康的生活方式和工作方式。开展科学教育与培训，以社区重点人群科学素质行动带动社区全体成员科学素质的提高。重点提高未成年人对科学的兴趣、创新意识和实践能力。逐步缩小社区居民科学素质水平的差距。

利用社区社会资源开展科学教育和培训。鼓励和支持科技馆等科普场馆、社区学校、成人文化技术学校等开展科学教育与培训，开发与共享社区科普资源。

发展社区基层科普设施。在社区建设科普画廊、科普活动室、运用网络进行远程科普宣传教育的终端设备等设施，增强综合性未成年人社区活动场所的科普教育功能。增强社区科普设施为老年人服务的功能，为他们老有所学、老有所乐、老有所为提供条件和机会。

103. 社区如何在家庭推行实施公民科学素质?

首先,通过社区学校提高父母亲的科学素质,重视家庭教育在提高未成年人科学素质中的重要作用。通过父母的言传身教,使未成年人从小树立人与自然和谐相处和可持续发展的意识,培养良好的科学态度、情感与价值观,发展初步的科学探究能力。其次,引导家长支持青少年参加课外科技活动,培养青少年的创新意识和实践能力。再次,社区要大力普及保护生态环境、节约资源能源、心理生理健康、安全避险等知识。加强"珍爱生命、远离毒品"和崇尚科学文明、反对愚昧迷信的宣传教育。发挥成年人在家庭和社区科普宣传中对未成年人的独特影响作用。

104. 为什么说社区科普具有很强的教育功能?

社区科普同其它教育形式一样也是一种教育,而且是对社区居民终身教育的有效途径,是一种更加生动活泼、寓教于乐的教育方式,因此也具有教育人、培养人、改造人的社会功能。它不仅体现在通过组织经常性的社区科普活动,对社区居民能够产生潜移默化和现身说法的教育普及作用,而且还体现在有针对性的在职培训、职业教育等能够有效地帮助居民提高职业技能，增加就业机会。武汉市一些社区还创办了“民工夜校”，把外来民工组织起来，对他们开展思想道德教育、禁毒禁黄宣传、身边科学知识传播、职业技能培训等等，既丰富了外来民工的业余文化生活，又使民工们学到了适用技术知识。有的社区还创办“青少年科普假日学校”，在暑假期间把社区的中小学生组织起来，开展各种形式的科普活动，如组织参观博物馆和高科技企业、举办科普讲座、开展科技小制作、撰写科技小论文等等，既使孩子们渡过了一个愉快的暑假，又培养了孩子们从小爱科学、学科学、用科学的习惯。这些，都充分体现了社区科普的教育功能，起到了很好的教育作用。

社区科普能够培养社区居民的学习习惯，在社区形成“人人是学习之人”的良好风尚。

社区科普具有在内容上针对性强，在形式上丰富多彩的特点，因此易于为社区居民所接受，形成积极参与、全面互动的局面。因此，充分发挥社区科普形式生动、内容丰富，居民喜闻乐见的优势，就能吸引社区大多数的居民群众都来参与学习，并使学习成为自己日常生活中必不可少的内容。

105. 为什么说社区科普工作队伍是学习型社区建设重要的教育人力资源？

社区科普工作队伍，是做好社区科普工作的宝贵资源。社区科普工作队伍主要以居委会管理人员为核心，以社区中的科普志愿者为骨干，并积极利用社会上的科普工作队伍，在社区科普工作中充分发挥作用。社区中的科普志愿者队伍是由热心社区科普工作的居民,特别是科技工作者组成,在居委会的组织下开展经常性的社区科普活动,他们既是社区科普活动的积极参加者,又是在社区普及科学知识的骨干。他们在社区科普活动中能够发挥为民解惑释疑、诠释知识的作用。创建学习型社区,要善于挖掘和利用社区内的各种教育资源。从人力教育资源方面来说,社区科普工作队伍是最现成的资源。社区科普工作者本身就是社区内学习型人才的代表,他们是推动社区经济和文化进步的人力资源保障,也是推进学习型社区建设发展的骨干力量。

106. 社区科普工作如何创新?

在新形势下,社区科普工作要在巩固已有的科普工作成功经验基础上,科普工作的任务、内容、形式和运行机制积极创新。一是任务创新,即在科普工作规划中要明确,社区科普现时的新任务就是要促进学习型社会的建设,社区的各项大小科普活动都围绕这一明确的工作任务来开展;二是内容创新,社区科普的内容不能仅停留在对“身边科学”的宣传上,应该按照时代的要求,内容更广泛,更有针对性,如针对社区居民的就业问题,开展各种职业技能培训等;三是形式创新,社区科普的形式不能只强调“丰富多彩”,更应强调居民群众的自我学习教育,要努力建立社区开放性的学习系统,为社区内不同的人群创造终身学习的机会;四是运行机制创新,这几年,社区科普工作光靠科协组织

"单打独斗"的局面已大大改观，实践证明，"党政加强领导、科协组织牵头、有关部门配合、社会各方支持、居委会主办、居民群众广泛参与"是开展社区科普工作比较好的运行机制。

107. 怎样增加社区科普的文化内涵？

社区文化是社区凝聚力的核心，体现了社区共同的价值观和行为准则。因此，社区科普也应体现社区文化的内涵，它不仅包括丰富社区居民群众的业余文化生活，同时也包括提高社区居民群众的思想道德水平、民主法制观念和科学文化素养，其根本还是一种以人为中心的发展追求，最终目的是在社区创造安静、干净、舒适、健康、文明、安全、自在与愉悦的生活环境。这与学习型社区建设的目标是完全一致的。

1. 武汉武侯区举办"IT科普周"

高科技和经济全球化，带来知识更新频率空前加快，没有一个人能够说自己学习的知识可以一劳永逸地适应这个社会。因此，向人民群众普及现代高科技知识，便成为社区科普的一项重要任务。武侯区已举办了多届"IT 科普周"活动。活动以"缩小数字鸿沟——城南社区 IT 行"为主题，连续五周采取丰富多彩的形式进社区普及信息技术知识，收到了很好的效果。实践证明，向大众普及和传播现代高科技知识，建设学习型社区，仍然离不开社区科普这种大众化的手段。

2. 营口实施公民道德建设工程

辽宁营口实施公民道德建设工程。深入贯彻《公民道德建设实施纲要》，广泛开展爱国主义、社会主义、集体主义和社会公德、职业道德、家庭美德宣传教育，大力倡导爱国守法、明礼诚信、团结友善、勤俭自强、敬业奉献的基本道德规范，促进形成团结互助、平等友爱、共同前进的社会氛围和人际关系。以"雷锋在营口"、"爱心超市"、"道德信贷金卡工程"等为载体，广泛推进公民道德实践活动。宣传树立思想道德建设先进典型，弘扬和培育良好的社会风尚。切实加强青少年思想品德教育，发挥青少年素质教育基地作用，推动学校、家庭、社会三位一体的教育网络建设；加强网吧等文化娱乐场所整治工作，积极开展服务于青少年的文化活动，为未成年人健康成长提供良好的社会环境。贯彻落实男女平等的基本国策，推动男女两性平等和谐发展。

3. 广州海珠区建设绿色社区

2000 年，海珠区提出"建设人与自然和谐共生的文明生态社区"概念。一方面，注重旧城生活区的改造，一些显得破旧的老居民社区，通过创建绿色社区，建成整洁、优美、舒适的社区新貌，变成公园式的住宅小区。另一方面，积极引导新的商品住宅小区创建“绿色社区”，通过调动房地产开发商和物业管理公司的创建积极性，指导他们将环境保护与艺术美学相融合，健全群众性的环境监督管理体系，推进社区管理的科学化与人性化，共同努力创造一个绿色文明的社区生活环境，提高居民生活质量，而且让环保意识、绿色理念深入民心。

社区因其人居密集必然成为落实环境保护公众参与的最佳平台。海珠区不但注重从源头上、从日常监督执法上遏制污染，同时也注重从提高居民生活质量出发，认真解决居民身边的小环境问题，努力改善人居环境，深入创建“绿色社区”，把社区建设成居民亲近自然的生态家园。

社区群众成为绿色社区的最大受益人。绿色社区将环境管理纳入了社区管理，保护了居民的环境权益；居民通过节能、节水、垃圾回收获得了一定的经济效益，以前一些觉得环保与个人关系不大的居民，环境意识提高了，对小区的感情也更深了，大家都能主动自觉履行环保责任，维护社区绿色的生活环境。与此同时，海珠区还在全区各个社区建立环保宣传点，增强群众的环境素养、生态文明意识。并邀请著名的雕塑家在居民密集的地方设计、制作多个环保主题雕塑，这些散发浓郁生态气息的环保雕塑群将环境意识高品位、高素质地融入整个城区的经济生活和社会生活。

（海珠区环保局）

4. 上海居民身边的社区律师

上海市180家律师事务所先后与社区签约，担当起“居民身边的社区律师”，这在上海市构建和谐社会进程中具有无可替代的作用和非常重要的意义。律师参与和谐社区建设，是提升社区依法治理水平的需要，是不断增长的社区法律服务的需要，也是律师自身拓展法律服务领域增强社会责任感的需要。律师运用法律资源妥善处理各种矛盾，努力维护社区稳定；通过以案释法宣传法律知识，提高社区居民法律素质；把社会效益放在首位，让普通老百姓能“请得到、请得起、信得过律师”。

5. 上海建社区图书馆

“书籍是人类进步的阶梯”。上海充分发挥图书馆、博物馆、文化馆、艺术馆、体育馆等文化设施的学习功能，创造良好的学习环境。为改变普及型图书馆数量少、空间小、条件差等问题，将兴建一批以街道为单位的小型图书馆，争取到2010年达到每8—10万人有1所，人均藏书40—50册。还要发展多类型、广大市民喜闻乐见的文化馆、博物馆、纪念馆等文化设施，为市民终身学习创造良好条件。

6. 国外社区学习网络

"时时可学、处处能学"是构建终身教育体系的理想目标之一。为了达到这一目标,国外的做法是,利用各种教育资源形成社区学习网络。目前学习网络的建立大都以社区学校(院)、社区教育中心、图书馆等为依托,如英国的社区学习网络。建立社区学习网络的最大好处是,不仅能够使社区内各种教育资源得到最优化配置,而且还能最大限度地吸纳社区外部资源。在社区内部的各级各类成人学校、非成人学校及具有各种教育功能的机构,尽管各自独立,性质任务亦不尽相同,但通过社区学习网络可以形成相互联系,既有各自特色,又有密切合作的共同体,使教育资源得以真正的共享。

社区学习网络具有多样化的功能:通过宣传、问卷调查、电话采访、咨询、评估等活动确认社区成员的需求和问题;满足这些需求,发展各类教育计划和项目;对社区的各类教育机构进行协调,并开展与社区外教育机构的合作。

从各国的实践看,社区学习网络的宗旨就是通过整合社区教育资源,创造学习条件,为社区成员的终身学习提供服务。因此,社区学习网络开设的课程或主办的活动,并不遵循一定的规范,只要对社区成员学习有帮助的课程和活动都可以办理,突破了传统模式。国外社区教育所采用的非正规教育形式有读书会、小组讨论、有指导的自行探究、亲身体验、参观访问、竞赛、表演等。

(沈金荣)

7. 契约学习法

学习契约,是一种由学员与指导教师共同设计的书面协议。它确定学员学习的目标、达到目标的方法、学习活动进行的时间、完成活动的证据及确认这些证据的标准等。契约学习可以说是学习者与教学者双方持续不断、一再商讨的协议进程,特别强调教学双方在作出决策中的相互关系及学习者对学习结果的自我评定。实践表明,契约学习法对于培养学习者自我导向学习和自主能力特别有利。美国社区无墙学院使用这种方法得出的结论是:这种学习契约的高度个体化与学习者独特的学习风格相联系,而且能加强学习者的自我概念,促进终身学习。

（沈金荣）

8. 美国的社区学院

遍及美国各州的社区学院有这样一个共同理念:“使每一个想要学习的人都可以在这里找到一套属于他自己的课桌椅”。社区学院是美国高等教育发展的重要环节。美国社区学院的发展虽然有近百年的历史,但却在 1960 年以后才得到蓬勃发展。探其原因,主要是人口变化——高龄化现象、终身学习的需求日趋迫切。其次是美国人口种族的多元化,新移民学习英文的需求增加,以及工作环境变化所造成的多项需求。目前,美国社区学院的数量已超过1000所。其中，大部分为公立社区学院，其目的在于为成年人提供多元化、弹性化的课程，让成年人有继续接受教育的机会。社区学院的基本特点有五个方面：一是学院坐落于社区，以方便成人就近学习；二是提供终身教育的机会；三是提供成人回流接受高等教育的机会；四是提供成人回流职业进修及训练的场所；五是为弱势群体提供补偿教育的机会。

（《职业技术教育》杂志社）

9. 北欧的民众中学

是北欧各国实施社区成人教育的主要机构。民众中学也是学校和社区沟通结合的产物。它一方面强调面向社区内所有成年人，并向社区进行广泛的教育渗透；另一方面又注重社区内的社会团体、志愿者组织广泛参与学校教育。由此，民众中学具有浓厚的社区特色，注重人文精神和知识的实际应用，强调用教育的力量促进社区民众自强，从而达到改善和提高社区居民生活质量的目的。

（《中国远程教育》）

10. 英国的“个人学习帐户”

英国的“个人学习帐户”，是人类第一次以利益机制来计划和管理成人的学习。有了这一“个人学习帐户”，学习者、雇主、政府都可为之追加学习投资。如政府为第一批100万帐户当年就每户资助150英镑。根据课程的产业政策,学习者每年还可享受20—80%的折扣优惠。企业在资助职工学习的同时可享受免税待遇,仅此项英国雇主每年就为学习者投资100亿英镑,从而使雇员与雇主双方受益。失业者也可加入“个人学习帐户”,接受再就业培训的多项资助。

在瑞典,除免费提供公共成人教育课程外,还建立了各项成人教育津贴制度和脱产学习假制度,规定具有一年以上工龄的职工均享受不同时限的学习进修假并享受工资和生活补助。

11. 新加坡社区管理模式

新加坡的模式在这方面具有代表性。新加坡的社区内主要有三个组织:居民顾问委员会、社区中心管理委员会和居民委员会。其中居民顾问委员会地位最高,主要负责整个社区的公共福利,协调另外两个委员会和其他社区内组织的工作。社区中心管理委员会负责社区中心运行并制定从计算机培训到幼儿体育活动的一系列计划。社区中心管理委员会下设妇女委员会、青年组等组织,这些组织对社区内居民完全开放。居民委员会是社区的第二层次组织,相当于我国城市中的居委会,它主要承担治安、环卫(专业工作由服务公司完成),组织本小区内的活动等任务,同时也为居民顾问委员会和社区中心管理委员会提供人力帮助并反馈信息。

12. 上海闸北区打造“安居乐业”和谐社区

上海闸北区深化学习型社区创建，努力营造终身学习的社会学习氛围，打造让人民群众“安居乐业”的和谐社区。

加大投入和资源共享，建设和完善社区文化娱乐和学习教育阵地。在全区实施社区文化“八个一”工程，即每个街道(镇)都有一个文化中心站、一个图书馆、一个少儿图书馆、一个老年活动中心、一个儿童乐园、一个茶艺馆(室)、一个书画社、一个综合艺术团队。通过统筹规划和政策引导，促进教育资源对社区居民开放，各街道都利用辖区内的学校成立了社区学校；方便居民就近学习，真正做到“学者有其校”。

结合业务工作和发展特色，满足各类人群的学习和文化娱乐需求。各街道有关科室都注重结合各自业务特点开展好对口人群的学习教育活动，如，妇联和计生办负责优待教育和亲子教育，团委、文教科负责青少年教育，劳动力管理科负责“4050”人群的职业培训，就业指导，民政科、老龄委负责老年人的文体娱乐、闲暇教育，综治办负责外来人员的教育。通过层层施教，居民人人有了参加学习的机会。不少街道还将社区开设的各类学习班、培训班，各种团队、沙龙开展活动的时间、地点、内容和辅导老师的姓名等学习信息汇编成《社区居民学习指南》，发给广大居民，以方便大家参加学习活动，被居民形象地称为“学习超市”。对外来民工、聋哑人等特殊群体，一些街道也给予了充分关注，如，临汾路街道针对辖区内外来民工较多这一情况，开办了“民工学校”，组织民工学习娱乐；芷江西路街道举办了聋哑人周日文化茶座，组织社区内聋哑人用手语开展学习交流，被媒体誉为“无声的沙龙”，成为社区精神文明建设一朵亮丽的奇葩。灵活多样、不拘一格的学习形式吸引了不同群体参加学习，促进了社区和谐发展。原先无所事事的老年人、家庭妇女现在热心学习、忙于学习了；一些下待岗职工、困难居民也懂得了“找政府要工作不如自己先培训”的道理；小区内争吵声、麻将声少了，笑声、读书声多了。

13. 上海闸北区“加强‘五学’建设‘五家’活动”

全区开展“向学习型家庭学习，努力加强‘五学’、建设‘五家’活动”，一是“学知识，以德立家”，积极参与创建学习型家庭活动，以知识丰富家庭生活，以道德树立良好家风；二是“学法律，以法护家”，积极参与“法律伴我行”活动，增加法制观念，做守法公民；三是“学习技能，以技富家”，积极参与全市“百万家庭网上行”、“百万妇女学习行动”活动，以智慧的头脑、勤劳的双手，提高家庭生活质量；四是“学礼仪，以和兴家”，积极参与“争做文明市民、争创文明城区”主题活动，弘扬传统美德，使家庭成为人生温馨的港湾；五是“学健身，以康强家”，积极参加全民健身活动，达到身心健康，感受美好生活。

14. 抚顺市顺城区强化社区服务功能

社区服务是社区建设的活力所在，也是以人为本解决群众需求、促进就业、创造新的经济增长点的重要途径。顺城区成立以再就业安置、物业管理、保洁保绿、家政及货物配送为主要内容的“五大服务公司”，各街道、社区建立起家政保洁、劳务输出等各具特色的服务组织。同时，深入开展警务进社区、卫生进社区、综合治理进社区、文化进社区等活动。社区服务逐步走上市场化、社会化的发展轨道。针对下岗人员多的现状，各社区通过创办酱菜加工厂、拖鞋加工厂等经济实体，设置“家庭作坊”、“无围墙工厂”和开展异地劳务输出等方式，安置无业人员就业，2005 年实现了无“零就业”家庭的目标。

（辽宁抚顺市顺城区　张家春）

15. 上海社区重点建设三大中心

上海各社区（镇、乡）重点建设三大中心，即社区事务受理服务中心、社区文化活动中心、社区卫生服务中心。

今后，每个社区都要设立社区事务受理中心，方便市民办理各类与政府相关的日常事务，逐步强化社区的自我管理和自我服务能力；每个社区要配置 1 个卫生服务中心和若干个卫生服务站（点），并设置医疗保险定点零售药店，为居民提供基本、综合、公平、可及的预防、保健、医疗、康复、健康教育、计划生育技术指导等服务；每个社区（镇、乡）至少设置1个养老设施，在社区公共服务设施中，特别要充实完善为老年人、残疾人服务的内容。

上海规定，禁止擅自改变社区公共服务设施的使用性质。按规划配置的社区公共服务设施，其产权除已有明确的规定以外，一律归各区（县）政府所有。同时，鼓励和支持社会力量参与社区公共服务设施建设。

16. 上海社区居民听证会

在徐德培老人的记忆中，以前社区里碰到了扯皮的事情，一些德高望重、有见识的“老娘舅们”总要反反复复地做工作，才能勉勉强强解决问题。但自从有了居民听证会，多难的事情，让居民自己来做主，就好办多了。昨天，刚刚在黄浦区老西门街道净土居委会参加完一个居民听证会的徐德培老人，脸上还洋溢着享受民主生活的喜悦，他情不自禁地向记者讲述了一个又一个关于居民听证会的故事。

保了车棚增了岗位

在龙门小区有一个车棚，深夜助动车发出的隆隆声响，惊扰附近居民的美梦。为此，多年来不断有人要求拆除车棚。可没了车棚，居民的车辆停到哪里？还是让居民自己决定怎么办吧，于是居委会组织了居民听证会。在会上，大多数居民认为车棚不能拆。使用助动车的居民提出，进出车棚时可以熄火下车推行。由于是居民自己商量得出的办法，实行起来效果自然格外好。会上，大家还主动提出，停车应该缴纳适当的管理费，由居委会找专人看管车棚，这样既加强了车棚的管理，又增设了新的工作岗位。

方便瘫痪老人用水

最让老人记忆犹新的一次听证会，不仅让李老夫妇用上了日思夜想的“自家水”，还协调了居民间的关系。李老夫妇今年都已经 70 多岁了，住在吾园街某号二楼，老先生患有脑瘫，生活不能自理，全靠老太太照料。两老每天的生活用水，全要靠老太太从底楼拎取。老人想在二楼装上自来水龙头，可一楼的居民就是不同意，于是老太太哭诉到居委会。居委干部们得知后，一面每天派人上门帮老太太提水，一面紧急召开居民听证会，向全社区征询意见。听证会成员还主动上门，到底楼的住户家做工作。在大家的共同努力下，李老夫妇终于用上了“方便水”。

拆除十年违章搭建

13 年前，为解决刑满释放人员小张的工作，在当年居委会的帮助下，小张在尚文路 133 弄搭了间房子开理发店。小张一直热心周到地为居民服务，遇到孤寡老人还分文不取。有一次一老人猝死家中，需要整理遗容，小张二话没说，给老人送去了最后关怀。

3 年前，小张的邻居却提出，此间理发店是违章建筑，挡住了他家的阳光，要求拆掉。但是，10 年的生活一朝改变，小张怎会轻易答应？居民们也都离不开理发店，一时舆论都向着小张。在居民听证会上，居民代表畅所欲言，最后决定：拆除小屋，还地于民。如今，拆除后的空地变成了一条健身路，而小张的理发店，乔迁新址后也已红红火火了3个年头。

（赵红铃　王晶晶）

17. 上海杨浦区"团队式"社区卫生服务新模式

家住凤南新村19号某室的一位老先生，今年已有83岁了，近日，他突然感觉头晕，走路不稳，听说居民区设立了社区卫生服务点，看病很方便，于是就来到了服务点就诊。

接待他的控江社区卫生服务中心的全科医生徐丹怡详细询问了病情，并进行了检查，初步诊断为"脑梗"，转入新华医院神经内科急诊。经过CT等检查，明确诊断为轻度"脑梗"，医生说，幸亏发现及时，治疗一段时期就能恢复。老先生开了药后，天天来服务点打吊针，两个疗程下来，病情大有好转。原以为吊针是件很麻烦的事，没想到几步路就到了社区卫生服务点，也无需家人陪同，服务点内环境宽敞，安静宜人，社区护士态度和蔼、语言亲切，服务周到。老先生感觉就像到家里一样。

老人非常感动，写了一封热情洋溢的表扬信，在信中他写道："社区卫生服务就是好，我们老百姓真正得到了实惠。"

自去年以来，各社区卫生服务中心为全区离休干部、80岁以上高龄老人、残疾人等特殊人群签订医疗照顾协议，为他们提供社区医疗保健服务。

杨浦区已全面开展以"全科团队"为核心的新型社区卫生服

务模式。目前全区已建立社区卫生服务点49个，每个站点配备一个“全科团队”，覆盖各街道社区。“全科团队”由全科医师、护士、公共卫生医生4—6人组成，一个全科团队负责2万左右人口(3到5个居委)，形成“中心—服务点—家庭”三站式服务机制，为居民提供“预防、医疗、保健、康复、健康教育和计划生育技术服务”六位一体综合卫生服务。

社区卫生服务中心与市级大医院，如新华医院、长海医院签署了联合开展社区卫生服务的合作协议，联合开展“双向转诊”，建立危重病人快速便捷的“绿色通道”，为市民提供经济、便捷、连续的社区医疗卫生服务，努力做到“小病不出社区、大病才上医院”。

专家指出，“全科团队”、“社区卫生服务点”、双向转诊等新型社区医疗服务模式，在一定程序上缓解了“看病难、看病贵、看病烦”的问题，给社区居民带来方便。

（顾乃治）

18. 长沙市岳麓区“数字化学习型社区”

一连十几天大雨，丝毫没有影响周大妈的好心情。湖南省长沙市岳麓区咸嘉湖街道咸嘉新村社区的活动中心里，20多台电脑一字排开，她和同伴们正在网上读书，浏览新闻。

自打建起了社区服务网，岳麓区11个社区的居民们就再也不为风吹日晒犯愁。社区管理、社区党建、社区教育、社区服务，都可以通过网上进行。“腰鼓队排练都是通过网站发手机短信呢。”

打开岳麓社区服务网，家政服务、水电维修、庆典礼仪、美容保健一应俱全；“便民百宝箱”里，电子地图、公交线路、天气预报、航班信息实时更新；“教育超市”中，115家教育机构提供从亲子教育到职业教育的系列服务；电子图书馆内，5万多册图书社区居民随到随看……“坚持大教育观是我们的一条基本原则。我们要提供的是全员、全程、全面的社区教育。”岳麓区区委书记陈泽珲说。

构建数字化学习型社区，岳麓区花了不少心思。

“社区是整个社会的细胞，和谐社会的基础是和谐社区的建设，而和谐社区的关键又取决于社区居民的综合素质。”岳麓区委宣传部长陈志红告诉记者，岳麓区号称湖南的“硅谷”，区内有高校、科研院所、基地中心近500个，科研、教学人才10万余人，教授3100多名，院士26位，居民整体的文化素质较高，家庭上网的基础较好。社区教育有资源，有需求，通过网络将资源与需求对接起来，成了构筑学习型社区的一条便捷通道。

要把平日里几乎“老死不相往来”的居民拉到一起，居委会的作用至关重要。”数字化学习型社区研发中心”在每个街道设立分中心，在每个社区设立工作站，培训居委会工作人员是第一步的目标。

岳麓街道云麓园社区的罗乐元主任说，自己所在的中南大学本部，全体居民几乎都是网民，“你打电话、贴通知不见得找得着人，可在网上发个帖子，马上就会有人回应。居委会这几个人首先得把‘网技’练好。”

几个月时间里，10多万人的居民信息库迅速建立起来。”别人要他们的手机号码可不容易，但我们要，他们肯定给。”罗乐元说，”我们请何继善院士来参加社区座谈会，他都是一请就到呢！”

19. 天网地网人网覆盖所有乡镇街道

上海搭建终身教育平台

一张覆盖所有乡镇街道的社区教育网络在上海全面铺开。随着社区教育网络暨终身教育系统公共平台区县中心节点的正式开通，上海 215 个街道乡镇学习中心将全部完成天网（卫星网络）、地网（计算机网）、人网（教师教学管理网）“三网合一”的目标。这标志着上海向构建终身教育体系、真正实现“人人都享有优质教育资源”的目标迈进了一大步。

据介绍，上海终身教育系统平台建设是上海市政府重点工程，其最大的特点就是“三网合一”，即天网、地网和人网的统一协调运作。平台通过政府部门、社区和市民的共同建设，面向学校、社区和家庭用户的互联互动，有机整合并开放社区教育、职业教育、基础教育、老年教育、农村教育、农民工教育、外来人员教育和家庭教育等优质资源，让上海市民随时随地都能享受由平台提供的教育信息和教育服务，最终建成一个“无人不学习、无处不学习和无时不学习”的学习型城市网络环境。

随着公共平台区县中心节点的正式开通，首批优质资源已开始与用户见面。上海市教委已投入 2000 万元用于终身教育系统平台项目的软硬件建设、资源和学习中心的建设及人员管理。目前，已成立了上海教育卫星网络运营中心，在较为偏远的崇明、横沙和长兴三岛设立了中心节点，同时还在部分街道先行开通了卫星地面接收站。

（王有佳）

20. 南京"工人新村"社区议事园

这是中国城市无数社区中极普通的一个：灰色的建筑、绿色的树木，窄窄的道路上走着白发老人，衣着整齐的上班族骑车匆匆而过……

这个叫"工人新村"的社区，坐落在南京市风景秀丽的玄武湖不远处。社区始建于上世纪50年代初，常住居民6200多人、2288户，其中80%是工人家庭。然而，就是这个普普通通的社区，连续几年获得"省级文明小区"、"全国创建文明社区示范点"等荣誉称号。

是什么造就了"工人新村"的不平凡？社区居委会主任谷宁丽说："我们把创建文明社区由政府的事变为百姓自己的事，从2000年开始，以'社区议事园'为载体，依靠群众自我教育、自我管理，把矛盾化解在基层，把稳定落实在基层，把和谐构建在基层。"

工人新村的"社区议事园"，是一个以全体居民为主体的社区议事机制，主要议题由社区各方代表和有关方面进行民主磋商，由居民协助社区居委会负责落实，再用议事栏的形式公布会议决议及问题解决情况。

"要得火锅城"坐落在工人新村的外围，2003年开业前，28户居民的投诉信摆在区政府信访办等十几家部门的桌面上。油烟、噪音、消防隐患……社区居民忧心忡忡。

一个由街道、社区居委会出面组织的协调会随即在工人新村社区的“议事园”举行，居民代表、火锅城业主以及政府部门有关人员参加了会议。矛盾双方争执不下，不欢而散，但居民代表会上提出的意见，还是让火锅城业主意识到了矛盾的根源。

“议事园”接着召开第二次、第三次协调会，政府职能部门证明了火锅城的消防设施、油烟排放确实达到国家标准，火锅城答应对噪音和装修中对居民的影响进行整改和赔偿。居民情绪渐趋稳定，火锅城也顺利开业，大家相安无事。

通过群众广泛参与、民主协商，工人新村把矛盾化解在了社区，也把稳定落实在了社区。

谷宁丽表示，社区居委会不仅要化解产生的矛盾，也要重视存在的问题；如果说化解矛盾是灭火，解决问题则是清理隐患。

工人新村有一块1000平方米的狭长空地，花草、树木、石凳、鹅卵石的小路……这个正在建设的休闲广场透着闲适和清新。但一年前这里还是一片横七竖八搭建的违章窝棚。这块空地过去由于长期没被利用，违章窝棚拆了又建，依然混乱。于是，一个以“空地如何利用”为议题的议事会召开了。会上，有人建议建休闲广场，使居民有个散步、放松的好去处，得到大家赞同。就这样，休闲广场出现了。

“议事园”的设立，让社区居民有了反映问题、解决问题的平台。不少居民出于卫生和安全的考虑对小区遛狗很反感。议事会把这个问题提出来，大家达成共识：必须提醒遛狗人树立公共卫生意识。从那以后，小区遛狗人的手里多了一件清洁工具。“由于这是多数居民的意见，少数人也自觉遵守”，社区居委会副主任李梅英解释民主决策的巨大力量。

从群众反映中发现问题，发动群众积极探讨办法，再靠群众的力量去解决。工人新村这种解决问题的途径，促成了许多涉及公共利益问题的顺利解决，也培养了居民关心公众事务、民主协商解决的自觉意识。（申琳　龚永泉）

21. 上海四川北路街道（社区）建设一流文化社区

四川北路街道地处虹口区的政治、文化、体育、商业中心。名闻遐迩的市级著名商业街四川北路贯穿南北，总面积近1.8平方公里，有21个居委会，常住人口7万多。这里曾经活跃着一批中华民族先进文化的代表，鲁迅、茅盾、叶圣陶、柔石、郭沫若等文学巨匠在这里留下了的遗迹。多伦路文化名人街呈现海派文化的绚丽风采，从溧阳路到山阴路、黄渡路各类精彩纷呈风格迥异的建筑，构成了中西文化的交汇与融合。辖区内还有鲁迅公园、四川北路公园、虹口足球场等一批沪上著名公共设施。2001年被评为上海市文明社区。

四川北路街道明确以建设文化社区为工作抓手，努力营造文化氛围，完善文化设施，丰富文化内涵，进一步满足居民群众安居乐业的需要，进一步增强居民的归属感、认同感，进一步提高社区居民综合素质和社区文明程度，向全国文明示范社区方向迈进。根据老城区的特点，街道将整个社区划分为建筑保护区、新建高档居住区、待改造区域三种居住区，分门别类地制订了不同的创建方式，使创建工作重点突出，措施落到实处。对建筑保护区加强整治力度，加大基础设施投入，挖掘和丰富建筑保护区的文化内涵，打出文化品牌，引导居民的自我组织吸引居民参与群众性文化体育活动。在新建高档居住区引导和调动中等收入者参与社区事务的积极性，而待改造区则在促进动迁、维护稳定的基础上保持环境不乱、标准不低。目前街道21个居委已有17个居委跨入了市、区级文明小区的行列，大多数居民生活在安居乐业、文明和谐的社区中。放眼社区，处处有真情，时时见文明。各根据自身的特点，亮出了"心情驿站"、"我与法律同行"、"拥军架心桥"、"侨眷之声荡永丰"争创文明小区的特色主题，正兴居委的"老娘舅"惬意纠纷调解队的创建特色不胫而走，四川里居委的读书班一办就是18年，从不间断……

四川北路街道打造文化品牌已经坚持数年。每天东方既白，在公园绿地体育场广场都有成千上万的居民在晨练、放歌、起舞、击剑的身影，夜幕下社区文艺活动中心传出一阵阵优雅甜美的歌声。在这块洋溢着文化气息的土地上，每天活跃着20多支街道级文艺体育队伍，有华南粤乐队、舞蹈队、合唱队、沪剧队、说唱队、时装队、扁鼓队、民族风情表演队等文艺团队，还有长跑队、棋类队、书画摄影队，每个小区还有各种自发和居委组建的文体队，街道居委两级40多支文体队伍吸引了数以千计的居民，也使一批下岗人员、离退休职工找到了精神寄托，为维护稳定、丰富群众的业余文化生活起到了积极作用。在南京路"天演"、"戏曲大家唱"、"百姓戏台"以及市运会、大世界、大剧院等有名的活动和舞台上都有他们的身姿与风采。华南粤乐队经常与新加坡同行交流演出，蜚声海外，民族乐队能够入选市级业余演出活动，得到了同行好评。舞蹈队的表演多次获得市、区级的各等奖项，长跑队参加国际老将赛一举夺得亚洲赛区的14个奖项。老年健身队跳出了活力，跳出了健康，老年时装队走出了连绵不绝的时尚。四川北路街道的文体活动，做到了小区天天有，社区周周有，大型活动节日有，走出社区经常有，国际活动年年有，丰富了群众生活，提高了品味和情趣。社区文化创建工作不仅给小巷带来了欢歌笑语，也提高了居民道德水准、文明程度和社会参与度。

四川北路街道辖区内部队较多，有陆、海、空、武警消防等多个军种，共十个单位。多年来，四川北路街道党工委、办事处重视和加强双拥工作，开展了文化拥军系列活动。举办了一场别开生面的社区军民联欢会和军政联谊会，军地双方领导、社区干部群众、部队官兵近千人欢聚一堂，载歌载舞，庆祝中国人民解放军建军节；邀请上海歌剧院的演员为驻区部队、军队离退休老干部、烈军属、伤残军人慰问演出；组织文艺轻骑队，冒着酷暑来到青浦慰问武警二支队第六中队及虹口消防中队的官兵，为战士们带去了四川北路社区人民的问候。社区人民的关怀以及精彩的节目，体现了人民对子弟兵的深厚情谊。

四川北路街道开展"社区走近经典系列活动"，在已经举办的活动之一茶墨俱香联谊会上让群众品新茶、观茶道、赏书画。走近经典系列活动还有：四川北路历史变化建筑摄影展、民乐专场演出、南华粤乐演出活动、为历史名人树碑等。

22. 上海大宁社区"百万家庭网上行"

在闸北区大宁路街道，有一所自筹资金200万元建成的社区学校。自市妇联开展“百万家庭网上行”活动以来,这里的电脑培训班报名处门庭若市,要求报名的居民们纷至沓来,络绎不绝。

来这里报名的不仅有大宁路街道的居民,还有很多其他街道的居民,甚至有位住在金山的老妈妈也来排队报名。她说:“我女儿家在大宁,我可以每个星期过来学电脑。”鉴于社区学校电脑班“供不应求”,街道只好又筹划在辖区内的中学和小学,开办两个分校,以满足社区居民浓厚的学习热情。

平型关路615弄3号是社区中小有名气的“巾帼自强楼”。402室的居民小杨下岗后一直很失落。在楼组活动中,楼组长钱凤仙鼓励小杨不要放弃会计技能,还建议她参加电脑班学习取得文凭,为再就业打基础。现在小杨熟练掌握了电脑操作,并获得大专文凭,在一家私营企业当会计,自信的笑容又回到了她的脸上。

高妈妈是大宁路505弄小区的居民,在一家国有企业从事财务出纳的工作,原来是一个“电脑盲”。听说社区学校开展“百万家庭网上行”活动后,她马上报了名。几次学下来,开始入门了,在单位里运用电脑时感觉方便多了。现在回到家里,她还经常上网,和孩子的沟通也多了。好学的高妈妈说,我现在已经从电脑班毕业了,但是还想学得深一些,希望社区学校再办一个电脑高级班。

担任大二居民区党总支书记的袁文英是电脑班的首批学生。原先家里的电脑只是儿子在操作,自己不会用。上了电脑班后,虽然学的只是基本操作,但是感觉很管用,这次闸北区人大代表换届选举的一些材料、表格就是她在家里用电脑制作出来的。尽管每天打字到很晚,但心里却很有成就感。

延铁小区53岁的居民老沈，丈夫在深圳经商，儿子在美国攻读博士学位。以前她每月与儿子和丈夫通长途电话，要花好几百元钱。在学校电脑班学会使用电脑后，她几乎每天通过电子邮件跟儿子和丈夫交流，轻松自如，花费又少。远在海外的儿子接到母亲发来的"伊妹儿"，异常兴奋：没想到老妈50多岁了，还能赶新潮。

延铁小区还有一户来自浙江的暂住李姓居民，家中四个孩子发奋读书都考上了大学，其中三个出国深造。李妈妈认为，是读书改变了他们家庭的人生，自己也不能落后，也要学习。"网上行"活动开展后，李妈妈动员老伴到社区学校报名。她说要学会收发电子邮件、安装电子摄像头，与远在国外的儿子、媳妇和亲家"网上聊天"呢。

居住大宁路540弄小区的退休孙教授，原来不会用电脑。参加"百万家庭网上行"活动以后，孙教授甘当"小学生"，从头开始学习电脑知识，水平与日俱进。如今，孙教授对电脑的兴趣非常广泛，经常上网看看股票行情，了解新闻时事，给国外朋友发发电子邮件，退休生活变得丰富多彩。现在孙教授还准备动员老伴华医生也去学电脑赶赶新潮呢。

大宁社区"网上行"活动这么红火，540弄居民陈佑珍功不可没。她原是宝钢集团一钢公司技校的退休教师，一直从事计算机的培训工作。后来，当她看到社区有这么多的人渴望学习电脑知识，就毅然辞掉了外界的高薪聘请，投入到社区教育志愿者队伍中来，担任了社区学校电脑班的教学工作，以高度的热心、耐心和细心教学，培养出了一大批的"数字妈妈"。

"培训一个人，影响一家人"，"百万家庭网上行"活动让人们在掌握信息化基础知识与技能的同时，充分享受信息化带来的便利和实惠，塑造了一种不满于现状、永远追求新知的可爱的城市精神，成为大宁街道创建学习型社区工作中的一道靓丽风景。

（张建宇）

23. 胡教授85岁学电脑

人们把88岁称作米寿。在上海，有这么一位米寿之年的老人，他85岁学电脑，89岁用电脑完成了一部30余万字的学术专著！在用电脑写学术著作的人中，这一年龄大概可以进入吉尼斯纪录了。这位老人便是上海戏剧学院的胡教授。

有记者前去拜访这位创造“纪录”的老人。

申报课题时已85岁

胡教授在上海戏剧学院长期从事表演、导演教学工作，担任过导演系副主任。他的辈分有多高，只要提几个他的学生的名字就知道了：焦晃、李家耀、杨在葆、胡庆树……

中国戏剧出版社出版了胡教授的一部学术专著《戏剧表演学》，是全国艺术科学“九九”规划和上海教委重点学科年度课题项目。当时，胡教授已85岁了，文化部和市教委还是第一次遇到如此年迈的课题申报者。有人表示疑惑：申报人年纪这么大了，能不能完成课题？胡教授的专著回答了这个问题。

胡教授的这部专著，研究的是论前苏联戏剧家斯坦尼斯拉夫斯基的演剧学说在我国的发展和实践。为了完成这个课题，他专门跑到北京调研，访问了多位斯氏研究专家。这部著作所引用的书目有58种，引用斯氏著作的版本也有3种之多，学术性很强，在戏剧理论界引起很大反响。

拜孙辈为师学电脑

而这部32万字的《戏剧表演学》，胡教授全部是“无纸化”完成的，送到出版社的是几张3英寸盘。我的字太潦草，送到出版社难认，看到别人都用电脑写，我也就学了。

5年前，他参加了社区的离休干部电脑培训班，当时他就是年纪最大的学员。学了一段时间后，他就在家练打字，用的是“智能全拼”。胡教授有英语、拼音基础，所以上手挺快。

不过，初学时他也碰到过麻烦，有时花了几小时，辛辛苦苦打了一大段文字，一不小心碰了个什么键，全没了。遇到各种技术问题，他就请教正在上中学的孙女和外孙。

唯一遗憾“不会盲打”

最为不易的是，胡教授的双眼都曾患有白内障，几年前动过手术。最奇妙的是，他平时手有点颤抖，但一用电脑写作，手却不抖了。现在，胡教授一天能打二三千字。他说，用电脑写书不仅修改起来方便，而且能打开思路。他唯一的遗憾是“还不会盲打”。

说话间，屏幕上跳出一行字：“现在是16∶00。请注意休息，保护你的眼睛。”原来，这是小孙子为他设置的屏保，特地提醒一用上电脑就忘了时间的爷爷。

现在，胡教授正撰写另一部论著《戏剧导演技巧学》，已写了10多万字。明、后年的写作计划，他也排好了。

（邵　宁）

24. 用搓麻将的时间学电脑

退休后，从不接触麻将牌的我却学起搓麻将了。开始是“付学费”，我们一幢32层住宅大楼，住有400户居民，大概半数以上的人都知道我是个“老司机”，搓10场麻将有8场要输钱。别看“小来来”，一个月也要输三四百元，养老金将近输掉一半。两年后，搓麻将“满师”输输赢赢，“收支”平衡。

“麻友”大多是同一幢大楼里的邻居。近两年来，参与搓麻将的场数多了，每天中午12时不到，“麻友”就来喊我说“三缺一”，或者来我家等着我，有时我连午饭也来不及吃，捧了一碗饭，用筷子夹点菜堆在饭上，在家门口或去别人家边吃饭边搓麻将，几乎每天下午搓一场麻将。搓麻将一结束，两腿发胀，有点腰酸背痛，但“筑方城”上了瘾，不论春夏秋冬，除了晚上之外，一搓就是一天。原来我爱好写些”豆腐干”文章的，一搓麻将便把写短文的思路“搓掉”了。

一天傍晚吃晚饭时，老伴告诉我，居委会在楼下健身苑小区的布告宣传栏里贴出了“百万家庭网上行”学电脑的通知，她劝我说：“麻将有啥搓头，还是去学学电脑。”

学会了电脑，可在电脑的荧屏上写文章，这不是很有意义的一件事吗？她含笑地继续说：“人家说我不会搓麻将，我不会搓就没人来叫我。但我喜爱与十来个姐妹们一起唱唱越剧、打打腰鼓、跳跳扇子舞，唱唱跳跳，说说笑笑，心情愉快，身心健康，不是蛮好吗?”被老伴这么一提醒，我暗暗下决心：用搓麻将的时间学电脑。于是，我去居委会报了名。每星期上 2 次课，一共上了 8 次课后，原对电脑一窍不通的我，也学会了鼠标的运用，也学会了发电子邮件。

但是，学电脑并非轻而易举的事，其学问深着呢！由于我普通话说得不准确，不能用拼音打字，我只能学王码五笔输入法。为此，我就去买了一本《疯狂五笔》的书，读背编码五笔字根，一直背到撰写这篇文章的时候，才把大多数的字根背了出来。我每天到一家电脑打字刻印店里，向一位从江西来沪的小叶姑娘学电脑打字，拜她为师。经过 3 个多月的学习，我现在已能打四五百字的一篇短文，基本扫除了我的"电脑盲"。

（郑长发）

25. 青岛市南区"一刻钟读书圈"

清幽的小区中，辟一片净土，建一方书室，半为借阅，半为休闲，市民闲暇时步行 15 分钟便可入得书室，畅游书海，此景此境自然雅趣横生。如今，市南区居民就能享受到如此"待遇"，而这一"待遇"则得益于"一刻钟读书圈"。

整合资源

"一刻钟读书圈"顾名思义就是以区图书馆、街道社区图书馆、辖区学校单位的阅览室为阵地，让社区居民出门 15 分钟内就能找到读书的场所。目前，市南区拥有一个区图书馆、14 处社区期刊阅览室、100 处社区图书室以及 127 家书店，之外还有 31 处学校图书馆，依据 273 处的拥有量，在布局上基本能达到

"一刻钟读书圈"的标准。2003年年底，作为青岛市"文化进社区"活动的重要内容之一，市南区文化局与教体局联手，向社会开放区内的31所学校图书馆，正式启动以市南区图书馆为核心、273处图书馆(室)为辅助的"一刻钟读书圈"，旨在为市民带来更多便利，也让文化更接近市民。

市民互动

"一刻钟读书圈"的打造无疑为社区居民就近读书提供了便利，光顾者与日俱增，但与此同时，图书馆(室)的藏书量、更新速度等问题也浮出水面。为解决这些问题，市南区向市民发出了"捐出一本书，献出一份情"的倡议，一时间，市民与图书馆(室)进行互动，积极捐赠图书的场景大热岛城。目前市南区的14处期刊阅览室基本每处都能为读者准备50余类报纸、期刊和杂志，社区图书室的均藏书量也达到400册以上。另外，以学校图书馆为主力的31处阳光图书室每周六、周日向居民开放，市南区31所学校2.4万名小学生在家长的支持下全员参与了"小手拉大手捐书活动"，每人捐出一本成人书籍，补充到学校的图书馆中，供居民学习，同时，街道办事处还组织社区居民到学校图书馆担任义工。

这些新尝试不仅整合了社区的读书资源，而且让居民在共享资源的同时，参与了服务，增强了凝聚力，这对学习型社区的创建以及精神文明建设将起到积极的促进作用。

品牌锻造

"一刻钟读书圈"已日益呈现出居民拥趸的态势，这无疑增长了市南区文化局将其锻造成品牌的信心。日前，他们将"一刻钟读书圈”这一文化传播载体的内容不断延展，在提供图书服务的同时，设置了英语角、手工制作角、剪纸角以及便民书店等。与之相得益彰的市南区还成立了读书俱乐部，开展了每周一讲、演讲比赛、手抄报展、有奖征文等旨在把读书作为一项生活享受加以推广的读书活动，特别是每周举办的一期专题讲座，内容始终选择居民关注的健康、养生、美容等日常生活知识，深受居民的欢迎。

而且位于“一刻钟读书圈”的各图书馆（室）将借鉴其他城市一些社区的做法，以便民利民为宗旨，加强与书店的联系，开展新书预定，缺书代办等“业务”，锻造借、阅、购一体化模式，丰富社区图书馆（室）的功能。

26. 首家“东方数字健康社区”在上海宝山启动

上医院看病不用再花大半天的时间排队挂号，利用东方社区信息苑的公益网络平台就能实现足不出户，预约知名医院专家医生，这是“东方数字健康社区”所展示的全新就医蓝图。3月31日，上海首家“东方数字健康社区”在宝山区罗店镇东方社区信息苑率先亮相，同步开通的还有东方信息苑城域网服务平台的“东方数字健康社区”频道。预计至2008年，上海建成的东方数字健康社区将达600多家。

新开通的“东方数字健康社区”依托全市已建成的200多家东方社区信息苑公共公益网络平台，通过网络信息技术为社区居民提供全方位的个性化健康管理服务。目前，健康社区已开通了“健康专题”、“健康小贴士”、“名医大会诊”、“导医搜索”、“体检中心”等7个频道。

市民除了可通过东方社区信息苑的网络系统方便地进行自我健康管理外，还可享受包括建立电子健康档案、实施健康与疾病评估、帮助摆脱亚健康、预防慢性病等健康知识。与此同时，只要配备一个摄像头，市民就能利用东方社区信息苑的网络互动优势，和知名医院的专家医师进行面对面健康咨询，随时跟踪自己的健康情况。

预计到2010年，全市将建成600家社区信息苑，遍布所有街道(镇)。在该网上社区当天的启动仪式上，主办方还向罗店镇困难家庭及居民捐赠了100套东方数字健康社区组合“爱康就医卡＋公益卡”，让困难家庭也能上网进行就医健康咨询。

（选自2006年4月3日新闻晚报）

1. 社区党建要加强党员意识

所谓“党员意识”，从组织角度讲，就是要以人为本，关心党员的需求，服务党员，发挥党员的作用；从党员角度讲，就是在重大问题面前，能于第一时间想到自己是党员，并按照组织的要求来选择和决定自己的行为。

所谓“党员意识”，从组织的角度讲，就是要以人为本，关心党员的需求，服务党员，发挥党员的作用；从党员的角度讲，就是不将自己混同于普通群众，在重大问题面前，能于第一时间想到自己是党员，并按照组织的要求来选择和决定自己的行为。就目前社区党建面临的问题和任务而言，可以认为，社区党组织的党员意识要重于党员的党员意识，党员的党员意识增强有赖于社区党组织的党员意识的增强。

（顾骏）

2. 和谐社区是和谐社会的基础

和谐社区是和谐社会的基础，要统一思想，形成合力，进一步巩固社会主义和谐社会的社区基础。社区是城市的基础、社会的前沿、城市的缩影，抓好社区党建和社区建设是贯彻落实科学发展观、推动社区经济社会全面发展的需要，是巩固党的执政基础、提高党的执政能力的需要，是构建社会主义和谐社会、推进现代化城市建设的需要。上海市委、市政府高度重视社区工作，提出了“社区党建全覆盖、社区建设实体化、社区管理网络化”目标任务。在试点过程中，市委、市政府领导多次深入基层开展调研和指导，推动和深化试点工作。

社区建设要深化内涵，加强综合，加强协调，有序推进，促进社区党建和社区建设有机结合。社区党建和社区建设两者相辅相成、缺一不可，一定要把社区党建与社区建设有机统一、有效衔接起来，同步规划、同步实施、同步推进。社区党建要在全面推进社区（街道）党工委建设，形成党管社区新体制的同时，探索新形势下社区党组织如何体现以人为本原则，在更好地服务群众上下功夫，让群众真正在社区建设和发展中得到实惠。

3. 创建学习型社区

社区是构成社会的基本单元。要实现党的十六大提出的“形成全民学习、终身学习的学习型社会”，学习型社区的创建无疑是建设学习型社会的基础。当前，安徽许多城市的社区都提出了创建学习型社区的目标，这是全面建设小康社会的一大新趋势。正确认识和解决创建学习型社区的理论和实践问题，有助于创建活动的有效开展。

为什么要创建学习型社区？从当代社会发展趋势看，城市化、工业化、知识化、信息网络化进程在加快，社会对知识劳动者需求超过其他劳动者的总和，知识对经济增长的贡献也已超过其他生产要素的贡献；人们社会生活的知识含量愈来愈高，知识将成为人们的日常“消费品”，终身学习必将成为社会生活的手段和方式，创建学习型社区正是为社区成员终身学习搭建理想的平台和网络。

从区域经济加速发展与转型的角度说，由于区域经济在高速发展中结构不断调整，势必带来区域就业结构的调整，从业人员的岗位变动，特别是下岗待业人员、转业转岗人员的再学习、再培训、再提高、再创业，需要社会的高度关注，需要社区的统筹安排。

建设学习型社区也是社区管理创新的内在需要，即是将社区的功能由原来的单一的管理功能向学习、教育和服务方面扩展。现代化社区旨在以人为本、促进社区成员的全面发展和社区的可持续发展，而“两个发展”需要社区组织和成员不断地提高自身的学习力和创新力。创建学习型社区就是为社区组织和每一位成员提供平等的理想学习、创新、发展的社区环境，促使每个成员的潜能得到挖掘，智慧得到施展，生活质量得到提高，促使社区成员对社区产生认同感和归属感，从而为社区的可持续发展作出应有的贡献。

4. 创建学习型社区应树立特色意识

由于社区的地理位置、人文历史、自然条件、经济社会发展水平以及人员结构和职业构成等具体情况的不同，社区内要解决的社会问题也有差异性，因此在创建学习型社区的要求上必然有其特殊性。只有结合社区情况，打造社区特色品牌、精品项目，以创新取胜，才能不断增强社区的优势和竞争力。

创建学习型社区是一项系统工程，要遵循整体相关性，即是系统的整体与部分，部分与部分、系统与环境之间的整体联系统一性。也就是创建学习型社区应与社区的其他各项工作有机结合起来，整体推进社区人的全面发展和社区的可持续发展。

5. 创造力：创建学习型社区的核心

创建学习型组织、学习型社区，其根本目标在于提升组织或社区作为一个有机整体应对环境变化的能力，也就是创新创造的能力。为了提升这一能力，要求创建学习型组织和学习型社区的活动要紧紧围绕加强社区和社区成员的创新意识、创新精神和创新能力来进行。

学习型社区的学习是新知识的创造过程。这种学习不是对既有知识简单的汲取和积累，而是针对所面临的外部环境变化，对我们掌握的信息或知识进行整理、分析、发展，进而形成新知识、获得新能力的过程。新知识和新能力的创造和培育是没有终点的，这就决定了创建学习型社区的活动也是没有终点的。学习型社区的学习有明确的目的，是为了提高社区全体成员以及社区本身对不断变化的环境的适应能力。创建学习型组织的目的是创造新知识，适应新环境，获得社区成员和整个社区生存和发展的能力。新的知识的创造又是以物质财富的创造和精神财富的创造为标志的，这是一个市场检验的过程。社区作为城市和社会的有机组成部分，它所面对的外部环境呈现出复杂和动态的特点。因而，选择知识的过程就是一个创造过程。这是我们将提升创造力界定为学习型社区核心的又一个重要的原因。

6. 学习型社区的全新价值

学习型社区的全新价值，在于让学习成为一种生活方式，把动态的学习过程导入社区建设。学习型社区的创建不是一个单程运作过程，而是由简单到复杂、由小范围到大规模、由个人到社会、由低层次向高水平不断递阶进化的过程，从而推动人类社会文明的进化发展。学习型社区创建实践活动表现为前进、上升的运行过程。

学习型社区创建工作应围绕社区建设这个"永恒主题",完善学习系统,发展运行能力,推进方法创新,使创建工作"内力驱动、区域联动、特色拉动",实现终身教育与终身学习双向强化、教育型社会与学习型社会双重组合,形成"处处是学习之所"的社区环境,使每一个公民在一生的各个年龄阶段都有受教育的机会。

(南京市社会科学院院长　叶南客)

7. 社区建设是城市发展的永恒主题

社区建设是城市发展的永恒主题。学习型社区作为推进城市社区建设的一种创新模式,主要在于通过社区教育,把学习导入社区建设过程,从而创新了以人的能动活动来推进社区发展和建设的新型模式。推进学习型社区建设必须围绕社区建设这个永恒主题。社区建设思路的提出,是城市基层政权建设的新探索,是社区服务的新探索,也是城市改革实践的新探索。

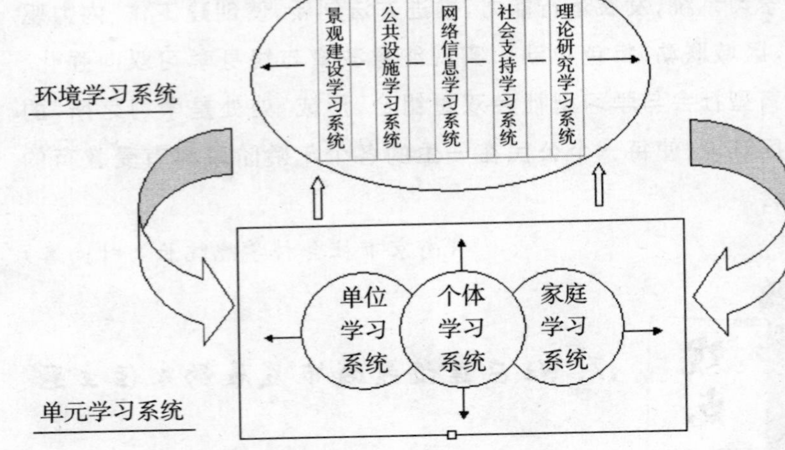

（南京市社会科学院院长　叶南客）

社会主义荣辱观

“八荣八耻”道德歌

1=D $\frac{4}{4}$

李沛泉 曲

mf

5 | 1. 1 1 6 | 5 6 5 3 3 5 | 6. 6 6 5 1 2 | 3 - 3 0 3 5 | 6. 6 6 1 |

以 热 爱祖国 为 荣,以 危 害祖国为 耻; 以 服 务人民

5 6 3 2 2 3 | 5. 5 5 6 3 1 | 2 - 2 0 1 2 | 3. 3 3 5 | 2 3 1 7 6 6 1 |

为 荣,以 背 离人民为 耻; 以 崇 尚科学 为 荣,以

2. 2 2 1 2 3 | 5 - 5 0 3 5 | 6. 6 6 1 | 5 6 3 2 2 3 | 5. 5 5 6 3 6 |

愚 昧无知为 耻; 以 辛 勤劳动 为 荣,以 好 逸恶劳为

f

1 - - 0 5 | 1. 1 1 6 5 6 0 3 | 5. 5 5 3 2 3 0 5 | 1. 1 1 6 5 6 0 3 |

耻; 以 团 结互助为荣,以 损 人利己为耻;以 诚 实守信为荣,以

5. 5 5 3 2 3 0 1 | 6 1 2 3 5 6 5 3 2 3 | 5. 5 5 5 3 5 | 6 - 6 0 5 6 |

见 利忘义为耻;以 遵纪守法 为 荣,以 违 法乱纪为 耻, 以

1. 1 1 6 | 5 6 5 3 3 5 | 6. 6 6 1 2 6 | 1 - 1 0 0 ‖

艰 苦奋斗 为 荣,以 骄 奢淫逸为 耻。

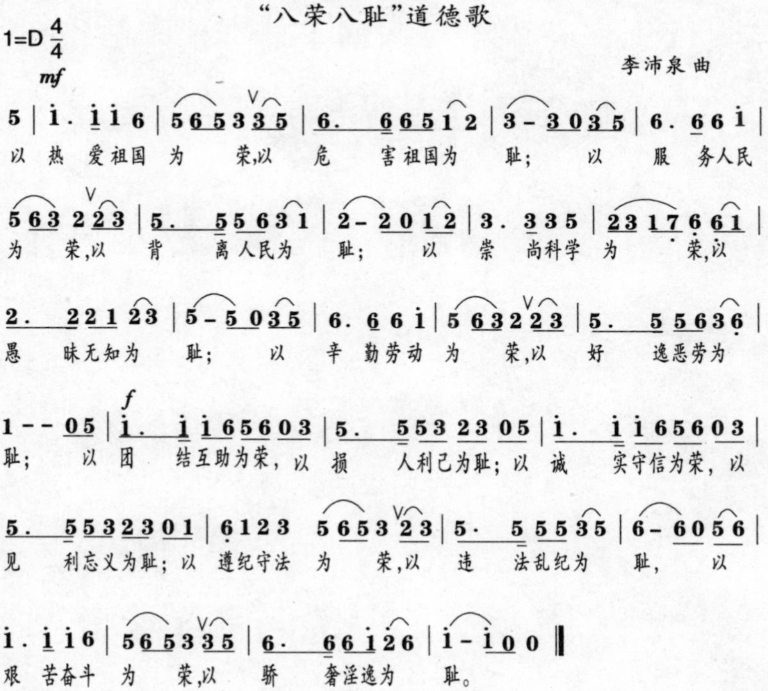

学习型家庭

2004年，在中国海南三亚召开的世界家庭峰会的《三亚宣言》中指出：

将家庭视角纳入国际议程，并在制定国家发展战略以及经济、社会和环境政策时，优先考虑家庭要素，以促进建立家庭与社区之间的合作伙伴关系，遵循善政和法治原则，为家庭的发展提供全面支持。

家庭作为基本社会单位，在实现以人为本的可持续发展的过程中发挥着至关重要的作用。因此，在全面处理社会问题时，家庭是重要的基础。

我们要争取和孩子一起看电视，一起看DVD，一起上网，但是在看的时候我们可以给他们引导，可以帮助他们，我们可以讨论这个节目好在哪里，坏在哪里，或者那个人物是好还是坏，为什么坏，这样反而能给我们一个沟通的机会，引导的机会。

家庭作为社会的基本单元，对世界的和平、安全、正义、团结和繁荣，及对实现联合国千年发展目标发挥着至关重要的作用。

家庭是每一个人幸福的基本元素，家庭代表着温暖与祥和，通过家庭能力的建设，开创一个更美好的社会和未来。

108. 什么是家庭?

家庭是由一定血缘关系或婚姻关系的人组成的共同生活群体。

家庭是社会的细胞,是社区的重要组成部分。

家庭是劳动之余休憩的场所;家庭是一群人共同生活的载体;家庭是幸福的港湾;家庭是爱的学校;……

对“家庭”的这些畅想都有一定的道理。对“家庭”的认识必须与时俱进!社会在发展,“家庭”也不能固步自封!

21世纪的社会是知识经济社会,是学习化社会,是终身学习社会。

21世纪的家庭是知识共享的平台,是互动学习的场所,是共同发展的团队。

21世纪的家庭是学习型家庭!

109. 什么是学习型家庭?

学习型家庭是家庭成员共同学习的特殊学习型组织,是学习型社区中的基本学习单位之一。可以从以下几方面看是不是学习型家庭:

第一，共同学习的理念。

在今天知识经济的社会，新技术的发明和普及使得就业技能和生活形态有极大的转变。为了顺应这些转变，家庭成员唯有积极地不断地共同学习，方能促使个人有良好的适应性，这促使共同学习成为家庭的重要功能

第二，良好的家庭学习氛围。

学习型家庭拥有良好的学习氛围，家庭成员对学习有积极的态度和行动，通过家长与子女共同学习，相互学习，共同分享学习的乐趣，学习的成果，促进家庭成员共同发展，并把家庭生活中的成长体验在家庭中分享，在分享与共享中感悟家庭的幸福，感悟人生的价值，感悟生命的意义，以获得一种新的人生观、价值观。

第三，平等对话的空间。

学习型家庭具有鲜明的民主性，保持着成员之间平等、信任、互助的态度，家长充分尊重子女，不管是夫妻之间还是亲子之间，都有平等的对话空间，畅通无阻的沟通渠道。

第四，家庭成员间的互动性。

学习型家庭提供了一种开放、互动的学习气氛，容许个人自我学习和全家共同学习，扩充生活知识和经验，在学习过程中达到增进情感的目的。

在学习型家庭中，家长是孩子学习的启蒙老师，又是孩子的同学和伙伴，改变了传统家庭中孩子的单向式学习的模式，家长在与孩子的共同学习中，相互促进，共同进步。

第五，学习过程的灵活性。

学习型家庭学习的时间不固定，有弹性；学习的内容主要结

合自己所从事的工作和兴趣爱好。

第六，家庭有持续发展力。

家庭共同学习，使各成员文化水平、思想觉悟、道德修养、审美情趣、身体素质、生活质量等方面综合素质提高，家庭综合实力及持续发展能力增强。

学习型家庭不应只是口号，而是生活中的实践，学习也不应只是升学和藏书量，而是让生活中多样的学习方式，为家庭注入丰富的生命力。

110. 社区怎样推动学习型家庭的建设？

建设学习型家庭不仅有利于提升家庭生活质量，而且有利于社区建设和发展。要利用社区学校、家长学校、家庭文明建设指导中心和当地中小学校，开展家庭教育讲座和指导培训，普及家庭教育知识，提升家长素质。结合“文明小区”、“文明楼组”、“五好文明家庭”等精神文明创建项目，丰富学习型家庭创建的载体，倡导科学文明健康的生活方式。通过组织参加各类健康身心的文体活动、社会公益活动和学习交流活动，形成父母带头、全家学习、共同成长的家庭学习氛围。

社区可以展开学习型家庭的评比，选择优秀的学习型家庭与其他家庭建立相互学习的关系，推动共同提高。

111. 学习型家庭与小康之家是什么关系?

"小康"这个古老的话语，在现代条件下被邓小平灵活地加以改造和运用，赋予其马克思主义的科学内涵，成了建设有中国特色社会主义理论中一个十分重要的概念。邓小平提出的小康社会，借用了以往的小康概念，但其内容已经与过去大不相同，上承温饱社会，下启基本实现现代化，是社会主义初级阶段中一个人民丰衣足食、生活较为富裕的历史时期。

小康之家是建设中国特色社会主义的一个重要概念。1979年12月，当时的日本首相大平正芳访问北京。在人民大会堂，邓小平会见大平正芳时，这位日本客人提出了一个问题:"中国根据自己独自的立场，中国将来会是什么样? 整个现代化的蓝图是如何构思的?"邓小平整整沉默了一分钟，然后发表了自己系统的见解:我们要实现的四个现代化是"中国式的现代化"，我们的四个现代化的概念，不是像你们那样的现代化概念，而是"小康之家"。这是我们党第一次提出的"小康"概念。当年12月29日，在会见新加坡政府代表团时，邓小平又重申了这一概念，指出:"所谓四个现代化，只能搞个'小康之家'，比如说国民生产总值人均1000美元。即使我们的经济指标超过所有国家，人均收入仍不会很大。总之，既要有雄心壮志，也要脚踏实地"。在《邓小平文选》第二、第三卷中，一共有40处使用了"小康"概念。邓小平把"小康"与他关于"三步走"的发展战略联系起来，对建设小康社会做了许多重要论述。

进入新世纪，我国政府制定了到 2020 年实现全面建设小康社会的宏伟目标。“小康社会”是从中国传统的“小康之家”基础上演变和发展而来的。“小康之家”的本意就是富裕、祥和、文明、幸福之家。实现全面建设小康社会的目标，就是要使中国的经济更加发展、民主更加健全、科教更加进步、文化更加繁荣、社会更加和谐、人民生活更加殷实；就是要使中国绝大多数的家庭成为“小康之家”，都能过上幸福美满的好日子。实现这个宏伟目标，是全中国人民和全中国家庭的共同理想和追求。为此，我国提出坚持以人为本，全面、协调、可持续的科学发展观。科学发展观的核心是以人为本。以人为本就是尊重人权、维护人权、发展人权，充分发挥每个公民和每个家庭在推动经济发展、社会进步中的主动性和创造性，使发展的成果惠及每个家庭和每个公民。在发展的过程中，必须统筹城乡发展，统筹区域发展，统筹经济社会发展，统筹人与自然和谐发展，统筹国内发展和对外开放，构建和谐社会，建设幸福家庭。

全面小康社会追求社会的全面发展和人的全面发展。全面小康社会营造全面小康之家，学习型家庭打造全面小康之家，为全面小康社会奠定基础。

112. 学习型家庭对儿童的健康成长有什么作用？

学习型家庭中父母是首任教师。学习型家庭在传统家庭教育的基础提升了家庭教育质量。它通过家长与子女特有的血缘关系和朝夕相处的亲密交往，在潜移默化中塑造下一代。父母好学的态度以及因此而形成的家庭气氛对子女的学习将具有相当大的促进作用。

学习型家庭有利于提高孩子素质。一个孩子的成长，与其家庭教育是分不开的。家长灌输给孩子的价值标准以及他们所提供孩子的各种准则，极大地影响着孩子在学校和社会上的行为表现。良好的家庭氛围，可以促进学习素质的提高。家长是孩子的第一任老师，家长的一言一行、一举一动，都逃不过孩子明亮纯洁的眼睛；家长的道德水平、价值观念、为人处世方式都深深地而又不知不觉地影响着自己的孩子。现代教育研究证明，促使一个人成才的诸多条件中，智力因素并不起决定作用，而非智力因素如良好的动机、不屈不挠的毅力、勤奋好学的精神、健康高尚的思想感情等却具有不可替代的作用。而这些良好品质，首先是在家庭中形成的。只有在家庭中得到正确的教育，养成良好的素质，到社会上才能成为一名合格公民。

学习型家庭有利于引导孩子正确做人。现代家庭功能的变化集中体现在家庭由经济中心向情感中心和教育中心转移。许多家庭已不再为吃穿发愁，家庭生活正朝着情感化、学习化方向发展。家长尤其要认识到社会的发展和科技的进步对人才的要求愈来愈高，孩子不能仅仅只成为某方面的技术人才，而要全面发展；不仅成才，还要学会做人。

学习型家庭的核心问题就是培养孩子学会做人。孩子在成长过程中非常依赖父母，但孩子终究要离开父母。父母拿什么奉献给他？只有父母高尚的品德、良好的习惯和健全的人格。

学习型家庭构建民主平等的关系，有利于孩子的身心健康发展。学习型家庭教育的过程是家庭学习的过程，也是家长与孩子相互学习、共同成长的过程。要创建学习型家庭，须培养催化学习的环境，让孩子感受温暖和安全，家人间进行双向与多向交流。学习型家庭的一个很明显的特征是民主性、平等性。实践证明：民主、温馨、相互尊重的家庭环境，对孩子的人格发展影响很大，它最适合孩子成长。

民主的教育方式有助于孩子个性的健康发展，养成孩子稳定的特征，有助于培养孩子的求知欲和奉献精神，锻炼孩子客观、全面地认识问题，养成孩子行为的自觉性、自制力、毅力和果断性，有助于培养孩子的责任感、荣誉感和进取精神，形成孩子在人际交往中的诚实、关心他人的良好品质。

113. 学习型家庭有哪些特征?

学习型家庭主要具有以下六大特征：

一、学习的终身性。

终身性是指学习型家庭的学习要从过去的阶段性、暂时性向终身性转变。自 1965 年联合国教科文组织提出终身教育以来，终身教育的思想就受到世界各国教育界、理论界的高度重视，受到世界各国人民的广泛支持，终身教育的思想正在逐步深入家庭，深入人心。传统的家庭教育、家庭学习，是指学校里的教育，学校里的学习，这种教育，主要为学历教育，为晋升而进行的学习，具有阶段性，暂时性，学习的时间是断续的；而学习型家庭的学习是指人从出生开始的终身的全过程学习，学习是持续不断的，家庭成员每天都要安排一定的时间用于学习，生活学习化，学习生活化。

二、学习的开放性。

开放性是指将较封闭的传统型家庭的教育向开放度较高的学习型家庭教育转变。传统型家庭教育一般只注重家庭内部的学习与教育，家庭往往只是通过学校召开家长会这个单一的形式与学校取得联系，与社区几乎没有什么联系，所以，较为封闭。学习型家庭要求不仅要注意家庭内部的学习与教育，还要建立家庭与学校、家庭与社区的密切联系。随着时代的进步，社会的发展，家庭教育、学校教育与社会教育将逐步形成一体化，个人与社区、家庭与社区之间的关系日益密切。家长要与学校、与社区进行经常性的沟通；共同做好孩子的教育工作，充分利用学校、社区的各种教育资源，积极参与社区的各项活动。

三、学习的多元性。

多元性，是指学习手段的现代化。要从传统型家庭教育手段的单一性向学习型家庭教育的多元性转变。知识经济时代的学习硬件，除了传统的单一的书本、纸和笔外，家庭还要加大教育方面的投入，如订阅一定的报纸杂志，还要配置电视机、电脑，甚至多媒体等，为孩子，也为整个家庭成员创造一个良好的教育和学习的条件，紧跟时代步伐。

四、学习的民主性。

民主性，是指从家长在家庭教育中的权威性转变为民主的平等的双方互动式的教育与学习。在学习型家庭，以孩子为学习中心的传统模式被打破，家长和孩子同时成为家庭中学习的主体。父母带头学习生活工作所需的新思想、新知识、新技能，学习家庭教育的新理念、新艺术，以求自身跟上飞速发展时代节奏和有的放矢地对孩子进行教育，同时又为孩子作出学习的表率。学习型家庭提倡家长和孩子一起学习，相互学习。特别是在网络时代，父母与孩子都处于同一起跑线，从这个角度来看，父母已失去了知识权威的优势，能者为师成为家庭学习的时尚，父母与孩子互为学习对象，均是家庭学习的主体。

五、学习的计划性。

计划性是指传统型家庭教育、家庭学习无计划而转变为学习型家庭的学习为达到一定的目标而制订的学习计划。传统型的家庭学习、家庭教育几乎是什么计划也没有，学习只是一种暂时的被动的应付；而学习型家庭要求家庭成员主动地订好自己的学习计划，明确自己的学习目标和努力方向。当然，在制订学习计划、明确学习目标时，应当根据每个人的实际，循序渐进，既不能好高骛远，又不能不经过努力就能达到的低要求。而且，经过一段时间（如半年或一年），还要对自己的学习计划执行情况，主动地向家庭其他成员作一次汇报交流。

六、学习的创新性。

创新性是指要将传统型的家庭教育、家庭学习只注重知识的学习、知识的汲取，转变为在学习汲取知识的同时，而要注重学习能力的培养，学以致用，把学到的知识运用到工作和生活中去，以开发自我潜能创新为主，把学到的知识、信息转变为创新的能力，产生"智慧"的火花，结出丰硕的知识之果。如小改小革，小发明，小创造，写出有一定价值的文章等。要做到这样，就要摒弃过去那种死读书，读死书的不良习惯，更不要把自己培养成"两脚书橱，满腹经纶"的书呆子。要通过学习途径的开拓，学习方法的改进，学习内容的选择，学习速度的加快，不断提高自己的学习力，创新力。

以上是学习型家庭的六大主要特征，前四个是学习型家庭的最基本特征。创建学习型家庭是由初级到高级的一个不断发展、深化和提升的过程，要通过家庭、学校、社会的共同努力，要经过精心培育，树立典型，不断总结，逐步推广。

114. 学习型家庭的学习要解决哪些问题？

一是为谁学？

在新经济时代，为了自身的生存发展、更好的适应社会和提高生活质量，都必须学习，工作和学习必然"合二而一"，生存和学习将成为每个家庭生命的两大主题。

二是学什么？

学习型家庭的目标是提高家庭成员的自身素质，适应社会发展，扮演好不同的社会角色。不同阶段家庭成员对学习内容的需求不尽一样，个人追求的目标也是不一样的。因此，学习的内容只有一个共同的目标：开发自身潜能，实现自身价值，拓展生活领域，促进生活美满，实现人生理想。

三是在哪儿学？

学习型家庭的学习方式是开放式。学习不仅获得知识，更重要的是提高自己的智慧，具备适应社会的能力。学习的途径除了在书本中学习之外，还可以在社会中、在大自然中、现代科技中、在生活实践中、在人际交往互动中学习。

四是什么时间学？

当今的家庭生活节奏变得越来越快，休闲时间变得越来越多，因此，如何合理配置，充分利用休闲时间，提高休闲时间的文化含量，将成为创建学习型家庭的关键所在。学习时间大致又可分为两大类：第一类为个人进修学习时间，第二类为全家分享时间。

五是怎样学？

学习大致有三种形式：个人书本式学习、团体式学习、生活式学习。学习型家庭的学习方式既有个人书本式学习，又有团体式学习，也许大量的是生活式学习。

六是为什么学？

终生教育是贯穿一个人生命全过程的教育，学习已成为家庭的重要功能，成为家庭的一种生活方式。学习型家庭的学习动机与目标是“学会求知，学会做事，学会共同生活，学会生存。”

115. 建设学习型家庭为什么要从家长做起？

美国教育部 2003 年 3 月公布了一份研究报告，这是在对 20000 名家长、8000 名幼儿园老师和小学一年级教师，以及美国各地的 1200 所学校的学生进行调查研究的基础上，得出的研究报告。研究人员对幼儿在家里、学校使用计算机、上网的情况进行调查之后，发现幼儿使用计算机的情况与学生的性别、种族、社会经济地位等因素有关。

这个调查说明了家庭环境对孩子的学习、成才的影响是有巨大的影响的，优秀的孩子较多来自幸福的家庭。家庭，是社会中的一个最基础、最简单、又最重要的单位。家庭对人的影响，是一种终身的影响。如果，能在社会中的这个最基本的单位因素中创建"学习型组织"——"学习型家庭"，其可能会产生的影响，不仅有利于孩子的成长，更可能影响到教育、以及整个社会。

建立学习型家庭并不难，难的是家长的理念是否得到改变。很多家长一直认为学习是孩子的事，家长学不学无所谓。其实不然，身教重于言教，家长养成终身学习的良好习惯非常重要。

116. 建设学习型家庭首先要做什么？

在建设学习型家庭的过程中，首先是观念的转变、观念的更新，学习型家庭的每个成员要经常对自己的思维定势、思维方式、心智模式进行不断的反思，重新构建符合学习型家庭要求的新思维、新理念、新思想，使家庭教育、家庭学习真正从要我学变成我要学，变被动为主动，把学习变成家庭每个成员的自觉行动，变成生活、工作的重要组成部分。

117. 学习型家庭与一般家庭有何区别？

上海青浦区家庭教育课题研究组通过对全区各学校评选出来的几百户学习型家庭进行抽样调查，发现这些家庭有的居住在城镇，有的居住在农村；家长的文化层次也参差不齐，有的只有小学毕业，有的大学毕业，大部分是初中、高中毕业。虽然这些家庭分散在全区的城区、各乡镇，家长的学历、资历不同，但发现学习型家庭与一般家庭存在着以下9个方面的区别：

一、学习环境不同。

学习型家庭：

1. 为子女学习创造安静的学习环境氛围。要为孩子提供一个宽敞的学习空间，选择光线明亮、无噪音的学习环境，有写字台、书架等。内墙上挂有名人名言、制定好家规、家庭人员守则等。

2. 有一个民主、共同学习的良好家庭学习氛围。能经常进行思想、情感交流，家长基本能了解孩子的心理需求，并为孩子解决具体问题。家庭学习气氛比较浓厚，家长在孩子面前起表率作用，孩子在家长的影响下主动学习，形成一个家长与孩子共同求知求识的互动互学的家庭学习氛围。晚上，家长和子女共同阅读有关的报刊杂志。不少家长就是这样做的，他们平时除了工作和家务，基本上不外出串门、聊天；不打麻将，不赌博，抽出时间尽量和孩子在一起。同时给孩子创造良好的学习氛围，孩子做功课时，他们在旁边看书、看报，孩子不懂的问题和疑问，尽量给予解答，并赞赏他提出的问题。

一般家庭：虽然能给子女安排一间单独宿舍，但没有什么布置，不重视智力投资，只重视让子女吃好穿好；晚上吃好晚饭后，家长根本不关心子女的学习，只管自己搓麻将、打扑克或者出门玩乐，缺乏良好的学习环境与全家学习的氛围。

二、期望目标、学习目标不同，计划也不同。

学习型家庭：家长、子女为了提高生活的质量，拓展生活领域，丰富生活内涵，实现家庭的持续发展，营造幸福美满的人生。家庭成员为了改变自我，超越自我，开发潜能，适应社会发展，扮演好不同的社会角色。他们懂得社会对人才的需要，懂得家庭如何培养孩子。从孩子身心发展来看，家长对子女有期望目标，希望子女好好学习，考上大学，今后有个较好的工作，为国家作贡献；从家长从自身发展来看，对自己也有期望目标：提高自身素质和业务水平，有利于做好本职工作，同时对子女起到激励作用。两种期望，双向互动，互相激励，共同成长。

学习型家庭除了自己有明确的期望、学习目标外，而且有具体的计划。他们能根据孩子的实际情况及孩子各阶段身心发展规律，有超前教育的意识，每阶段有一定的设想与要求，能付诸于实践，有良好收效。同时对家长自身素质的提高也提出打算，使家庭教育更具有科学性、实效性。

一般家庭：家长对自己的职业、工作只要过得去，“做一天和尚撞一天钟”，得过且过，不思进取，对子女也没有期望目标或期望过高，脱离实际。有些家庭即使有期望目标，也没有具体的培养孩子的计划，没有具体实施的行动。他们认为孩子只要读完初中，找到一份工作就可以，所以说对子女的教育培养没有什么计划可言。

三、学习内容不同。

学习型家庭：

1. 家长、子女一起观看电视台的新闻节目，使他们了解和掌握时事政治和国内外大事，丰富孩子的知识面。

2. 晚饭后，阅读家里订阅的报刊、杂志。家长阅读指导家教工作的《家庭教育指导》杂志；孩子阅读自己订阅的《少年报》、《青年报》、《中学生报》、《小哥白尼》等，看好以后，做老师布置的家庭作业。家长则阅读与自己本职工作相关的书籍，提高自己的专业水平；有时还要学电脑，学习外语。当然学习内容还包括现代科技、卫生保健、科学育儿、法律常识、投资理财、文化艺术、道德规范等方面。总之，学习型家庭的家长能认真学习、运用有关资料，养成自觉的学习要求，联系实际展开学习讨论。在转变家教观念，改进家教方法，提高家教水平方面有一定的效果，并能写出具有一定质量的学习感受和学习总结等文章。

一般家庭：家长、子女对学习兴趣不浓，进取心也不强，所以，晚饭后、双休日以玩乐为主。晚饭后，要么看“精彩”的电视节目，如连续剧等，要么进行不健康的娱乐活动，有时外出与人家谈山海经，至于读报、学电脑似乎是份外事。

四、家庭教育方法不同。

学习型家庭：家长通过学习家教理论，树立了新观念，摒弃了以往不科学的家教方法。例如简单粗暴，只重教育结果，忽视了教育过程，溺爱子女，对子女束手无策时撒手不管。现在采用科学的育子方法：讲民主，摆事实，讲道理，谈心倾听子女意见、情感和思想交流，了解子女的思想，讲原则，重视心理咨询，帮助子女培养良好的心理素质。

家长善于发现孩子身上的闪光点，尊重孩子，学会赏识孩子，鼓励孩子。发扬家庭民主，尊重孩子人格，家长、孩子之间能者为师，共同学习，相互学习。有的家长说，要当好新世纪的家长，要了解子女的喜怒哀乐、留给子女隐私的空间、关心子女的学习与健康、分担子女的忧愁与痛苦、给予子女个性发展的天地、创造民主平等的氛围、填平心灵之间的代沟，使子女轻松迎接挑战。

一般家庭：有的家庭家长制严重，家长说了算数，不管家长讲的是否对，都要孩子照着做，严重挫伤了孩子的自尊心。还有的家庭视自己的孩子为小皇帝、掌上明珠，过分溺爱，对孩子百依百顺；还有的家长对孩子采取简单、粗暴的方法，教育效果不佳。

五、亲子关系不同。

学习型家庭：父母以“向孩子学习”为理念，平等、尊重与孩子共同成长，而不是“以教育者自居”。在这些家庭中，家庭人员之间相互尊重，相互关心，和睦相处，尊老爱幼，讲文明道德，邻里关系好。家长作风正派，威信高，尊重孩子人格，重视与孩子的情感交流，加强亲子对话。

亲子交谈就是家长与子女创设一种平等、民主、和谐的家庭氛围，就各自感兴趣的问题、存在的代沟、矛盾等进行交流和对话，最终达到解决问题的目的。在交流中，双方遵循尊重、聆听、理解、和蔼、平等、健康、耐心的原则，家长不主观臆断，切忌用强迫、命令式的口吻与孩子对话。有的家长说得好：在交谈中，你不能只以家长的身份与子女交谈，还要成为子女的朋友、知己；在交谈中，作为父母都应放下长辈的威严，做到这点，相信你的子女会与你促膝而谈。亲子双方通过对话，改善亲子关系，融洽家庭氛围，增进亲子了解，强化亲情。

一般家庭：家庭人员之间关心少、互相尊重差，家长很少关心子女的思想、学习情况。只有到了考试后，询问一下子女的成绩。子女考试成绩好，家长点个头；子女成绩考得不好，有的就破口大骂，有的甚至还要打孩子。

六、学习形式不同。

学习型家庭：家长、子女都能克服时间少、工作忙、能力有限的困难，配制三种学习时间：(1)个人学习、进修时间；(2)全家共同阅读时间；(3)家庭成员共同分享交流时间。

家长子女每天进行交流，养成习惯。通过交流，使孩子喜欢向家长讲心里话，提高了家庭教育的针对性、实效性。利用双休日、寒暑假，家长能按排出一定的时间，与子女开展一些活动，如讲故事、下棋、外出旅游等，使活动成为家庭教育中一条有效途径。

一般家庭：家长很少有时间与子女进行谈话、交流，晚饭后，不是只顾自己看电视节目，就是外出打桌球、进茶室、唱卡拉OK，根本不关心子女的思想、学习情况，双休日也不例外，似乎教育子女是学校教师的事，与他无关，只知道自己吃喝玩乐。

七、教育投入不同。

学习型家庭：既重视物质投入，又重视文化和精神。许多家庭创设良好家庭物质文化氛围，处处为孩子着想，处处以孩子发展为本。我校绝大部分学习型家庭有孩子学习必须的辅助用具，如英语用的收录音机，语文、英语词典等。甚至已有好几十户家庭为孩子购买了电脑、钢琴等。同时，注意与孩子的情感交流，关心孩子的身体、心理健康，当孩子遇到挫折、碰到困难，考试成绩不佳，不是加以训斥，而是给予帮助、理解、支持，鼓励孩子鼓足勇气，战胜困难，取得好成绩。如有的家长，注重情感的投资。他们尽量注意早些下班回家陪孩子，业余时间不抽烟，少喝酒，不打麻将，把大部分时间留给孩子，经常平等交流，相互讨论学习、生活，讨论社会问题等

一般家庭：有的家庭（当然是少数）连孩子读书学习必备的学习用品也不添置，如《现代汉语词典》等，更不用说其他辅助用具。也有的家庭，只重视孩子物质投入，但不关心孩子思想、学习情况，只满足孩子的物质需求，不关心孩子的身心健康，精神需求，使孩子不能更好的健康成长。

八、家庭与家庭，家庭与学校、社区之间联系不同。

学习型家庭：家长不但关心、了解子女在家的表现，而且经常询问、关心子女在校、在社区中表现。他们时常抽出时间打电话给班主任老师，有时甚至来到学校，关心子女的上课、交作业、参加学校各项活动等情况。在寒暑假中，家长来到假日小队之中，了解子女在假日小队中的表现，有时还和孩子们一起参加活动，如下棋、打乒乓、做游戏等。有的家长学校紧密配合，相互沟通。同时常鼓励孩子和家长一起参加一些有益的社区活动，如“家庭演唱比赛”和“家庭健康比赛”等。

一般家庭：家长不用说了解、关心子女在学校、社区中的表现，就连子女在家的表现也不甚了解。孩子上学去了，他们还在睡懒觉；当他们晚上很晚回家时，孩子早已做好作业睡觉了，有时好几天碰不到面，还能谈得上关心子女的学习吗？更有极少数家长甚至还不知道子女在读哪个年级。

九、家长、孩子的素质不同。

学习型家庭：家长的整体素质较高，家长不参加社会上不健康、不文明娱乐活动，在困难面前有顽强意志和坚韧毅力，为子女吃苦耐劳、省吃俭用，在事业和家庭上有强烈的责任感，对子女思想、学习、生活上负责。家长对学校开展的各项活动都较关心或都能积极参加，能主动与班主任老师交流孩子在校在家的各方面表现，在教育孩子的问题上始终做到家校的双向合力，在日常生活中，家长能注意把握时机，克服自身的随意性和自身性，选择有效的方法，注重理性的指导，使孩子获得更多的知识，懂得更多的道理。孩子同样素质较高，兴趣广泛，性格开朗，积极向上，文明礼貌，团结同学，为人诚实，各方面严格要求自己，学习目的明确，态度端正，学习积极性高，各科成绩优秀，全面发展，在班中享有威信。

一般家庭：家长对家庭责任心较差，以身作则不够，在子女心目中，威信相对较差。孩子上进心一般，对自己要求不太高，心理素质较差，表现出任性、粗暴、意志脆弱。

创建学习型家庭是一项具有历史前瞻性的活动，它对家庭教育、个体发展、社会进步都有鲜明的时代意义。创建学习型家庭是推动终身学习的重要策略，是家庭传递信息的纽带，是构建家庭稳定的基础，是让素质教育走进千家万户的保证，是 21 世纪现代人的家庭持续性发展的标志，是人们所追求的新的生活理念。

118. 如何营造家庭学习氛围？

学习型家庭营造的学习氛围主要包括：

和谐的民主气氛。家庭成员之间相互关爱，相互体贴，相互尊重，平等相待，形成民主、科学的精神，积极乐观的人生态度和优秀的个性品质。

丰富多彩的家庭活动。家庭可以结合自身特点组织活动，如演唱会、读书交流会、集邮、郊游等，以陶冶情操，开阔视野，激发生活情趣。

开放的交际方式。通过与亲戚、朋友、自然界的交流，有助于家庭成员产生新的自我意识，培养道德规范和意识，适应整个社会化进程的需要。

119. 父母怎样成为学习型家庭的主导？

家长要在家庭中创设一种智力生活的气氛，以激发孩子的学习动机。这种气氛应该是自然、一贯的，并且对于家庭所有成员来说又是必需的。如果父母的自身素养能达到一定的水准，他们就能自觉地以自身为榜样，有意识地培养与维持子女良好学习动机的确立和发展。

身教重于言传，在家庭教育中更是如此。学习型家庭的父母应该带头，成为家庭的主导。为了使自己与社会同步发展，学习应该贯穿每个人的一生。这种学习是一种自主的学习，不是被动的“要我学”，而是自主的“我要学”。在自主的背后，是学习的动机，或为重新上岗，或为了提高能力，或为了创造机遇等等，但最终都是为了开发自身潜能，实现自身价值，提高生活质量。

120. 学习型家庭怎样引导孩子成人成才？

学习型家庭引导孩子成人成才，需要着重做好以下几个方面的事：

首先，提出合理的教育期望，帮助孩子树立合理的人生目标。家长的教育期望是帮助子女树立人生目标的必要条件，同时还是一种持久的教育力量。家长在思想上和知识上对子女提出合理的教育期望和要求，培养孩子对科学文化知识的兴趣，鼓励孩子关心国家大事，积极参与社会活动，对孩子的综合素质的发展具有重要的意义。

其次，引导孩子在健康成长中学习。学习型家庭是学校教育的补充，因此特别要注重孩子在健康成长中学习，主要包括认识方面的进步，指孩子除了学习中获得知识和增长智力外，还要从学习中得到快乐，以使其在漫长的人生旅途中追求新知；身体方面的成长，指要帮助孩子了解自己的身体素质，了解必要的卫生常识，养成良好的生活卫生习惯，以利于以后保持长期的身体健康；社会意识方面的成熟，指帮助孩子了解自我，认识别人，尊重别人，养成遵守社会道德规范的良好品德。

最后，对孩子提出合理的要求，培养健康的生活习惯和积极的人生态度。实践证明，家长是否重视对孩子进取精神和独立意识的培养，不仅是孩子能否在学业上有所长进的重要因素，而且也是孩子品德形成和性格健康发展的重要因素。很多家庭(尤其是城市家庭)对孩子的品行教育严重忽视。不少学生表现出进取心不强，学习动力不足，追求物质享受，生活上依赖性强，独立性差以及自我为中心，缺乏谦让等不良品质。事实上品行教育对培养学生对社会的奉献精神、认识行为的自制性、坚持性、责任感、荣誉感、利他精神和真诚品质具有积极意义。

1. 成长之路　从幼抓起

上海闸北区永和幼儿园　小二班　王思云家庭

家长与孩子相互激励共同成长

家长在关心孩子成长的同时，也在不断学习教育自己，孩子的点滴进步鼓励家长也应努力学习，不断奋进。因为孩子是家庭中的未来，家长的一举一动，将会直接影响孩子的思维形成和生活习惯。孩子的健康成长是家长的学习动力。看到孩子的希望，激励家长在事业上的进取。

孩子一天天长大。从出生起，家庭将承担起教育、培养的责任，幼儿园教育是重要园地，我们在和孩子共同成长，也把孩子从出生之日起，用照片记下了她的过程留念，用摄影机摄下她的瞬间活动。这一切给她收藏、保存着，让她长大后看看自己走过的路。

尊重孩子

每个人都渴望得到别人的尊重，孩子也同样。一个孩子得到大人的尊重，长大后她也就懂得该如何去尊重他人。尊重孩子是爱孩子的一个具体表现，也是正确爱孩子的一个重要内容。可是我国传统的教育，只有要求孩子尊重大人，大人却很少想到要尊重孩子，孩子服从大人，听大人的话就是好孩子。而如今的孩子是21世纪的主人，如果自幼只知道像小绵羊那样地服从别人，而不懂得人与人之间该如何相互尊重，这时他们的人格健全是一大缺陷。

尊重孩子应该从小开始，并贯穿在日常生活中，使他们意识到自己是家庭的一个成员，每一个成员之间是平等的。认为现在的孩子已成为家庭的“中心”，大人围着他们转，对他们“太尊重了”，这是对尊重的误解。尊重孩子，首先要把孩子看作一个独立人，有着自己的意愿和人生的道路，在他们成年之前，父母可以引导他们，帮助他们辨别是非，培养他们独立思考，学会选择自己的人生目标。现在有的父母一方面极力宠爱、迁就孩子，另一方面又不顾孩子的个性和兴趣爱好，强迫孩子按照父母的愿望和设计去发展。

父母对孩子的尊重可使他们形成自尊心。孩子健全的个性是在自信和自尊的条件下建立的。所以父母要尊重孩子的兴趣、爱好。不应在别人面前议论或羞辱自己的孩子，尊重是双向的，大人一方面尊重孩子，另一方面也要教育和培养孩子尊重别人和小伙伴。

2. 一起学习、努力、成功

上海向明中学　高三(3)班　李悦文家庭

我们家庭以贯彻落实《公民道德建设实施纲要》为主线，来创建学习型家庭，展示家庭文化建设的丰富内涵和丰硕成果，提高家庭成员的综合素质、道德修养，树立“人人是学习之人”的家庭理念，形成“家家是学习之所”的学习氛围。

1. “一起学习、努力、成功”全家读书活动

我们全家在这个暑期中开展了全家一起共读一本书的活动，结合当前形势，我们全家认真学习了党的十六大报告。在学习过程中，对于一些较深刻的理论，我们都会开展家庭讨论会，每个人都提出自己的问题，各抒己见，发挥小集体群策群力的力量把难题解决。在解决问题的同时，我们全家人的心彼此靠得更紧，更逾越了所谓的代沟，真正做到一起学习、一起努力、一起成功。

2. 参观并学习

在暑假中我们全家利用较为充裕的休息时间，去了城市规划展览馆、上海博物馆、一大会址、卢浦大桥等，既具有教育意义，又能反映时代新貌的地点参观、游览。在城市规划展览馆中，我们惊叹于上海今后更加迅猛、快速的发展，更加明确了作为一名上海市民的职责。在不久的将来上海一定会真正成为国际大都市，但这些都需要上海市民素质的不断提高，我们能做的

就是充实自己，提升自己的精神面貌，建立好一名合格上海市民的形象。

在上海博物馆中，我们纵览历史。每一件陈列品，都诉说着它们那个时代的故事，我们看着伟大祖国前行的悠久步伐，想到了历史进程的波澜壮阔，感受到了5000年所带来的深厚文化底蕴。作为一个现代人，我们要为续写灿烂的文明、创造祖国辉煌的明天作一点贡献。

走入一大会址，对我来说是再熟悉不过了。担任了一年“一大”的义务讲解员，让我对中国共产党的成立历程有了较为深入的了解。现在，我要把这段历史带给我的震撼，也带给我的父母，让我们一起见证那开天辟地的大事件——中国共产党的成立。在参观的过程中，我理所当然的担任了父母的讲解员，从签订中英《南京条约》到半殖民地半封建社会到人民的反抗到中华民国的成立一直到中国共产党的诞生。这一历经百年的过程，对我们是一次心灵的洗礼。我们了解了中国共产党成立的必然，验证了只有共产党才能救中国这一颠扑不破的真理。一家人的心凝结在了一起，心中对党有了更多的崇敬。在这时代交错的地方，想到拥有的美好生活，不禁感慨万千。正是这不屈的党、奋进的党、人民的党带给了世界一个奇迹，也给了我们信心的基石。中国共产党这个伟大的名字，便是我们心中的信仰。

迈上卢浦大桥，浦江两岸的美景尽收眼底。曾有个国外专家预言，中国仅凭自己的力量想要设计出这样的一座桥，没有五年是做不到的。但如今中国人仅用两年，就交出了设计图纸，在浦江上空架起了一道彩虹。这是中国人意志的体现，是中国人智慧的结晶，是中国这一东方巨龙不屈的品质。想到2010年，那时再站在这里，看到又将是另一番景色。是中国的发展，是上海的成就，是一幅绚烂多姿的图画。我们都期盼着，那激动人心的一刻。

这个暑假的生活是别具意义的，我们一家人共同学习、共同成长。暑假虽然结束了，但我们家庭的学习氛围一点也不减退。学习是人一生的追求，我们定会坚持到底。

3. 我的"学习型家庭"

我家是个学习型家庭，爸爸是个大学生，他是个善于总结经验的人；妈妈虽然只有高中文化程度，但她现在正刻苦努力学习，就像我看到的一篇文章的标题"学习——永远不晚"。

我，一个文静、内向的女孩。我的最爱是电脑，从小在电视屏幕上看到一个个有关电脑的节目，我都会认真地把它看完，也不知为什么我这么喜欢电脑，或许是我与电脑曾经结过一段缘吧。小时侯由于爸爸妈妈的单位经济效益不太好，买不起电脑，而现在我终于有了一台电脑，我对它爱不释手。爸爸买来了许多电脑书籍，借着对电脑的热爱，让我自己探索其中的奥秘。下班回来一有空，他就坐在我身旁看着我去追寻电脑世界的种种事物。我对电脑的喜爱感染了家庭的每一个成员，爸爸妈妈也开始加入了我的队伍，我们互相学习，一起解决难题。如今妈妈已经通过了办公自动化考核，我顺利地拿到电脑初级证书。

学习型家庭是一种家庭文化，是一种家庭的生活方式，是一种新的家庭教育理念。家庭中没有亲子沟通与交往，家庭教育便失去了有效的载体。

今天的家庭教育不是单向的，而是双向的；不是家长居高临下的，而是相互平等的，相互尊重的；不是显性的，而是隐性的；家长不仅是孩子的教育者，更是一个终身学习者。家庭教育的本质是亲子共同学习、双向互动的过程。

4. 在生活中学习的感悟

具体什么时间讲不清了，只记得从小每到夏天以后家中的饭桌上便会有丝瓜炒毛豆、丝瓜炒蛋之类的菜，从来没有打听也从来不关心丝瓜是如何种出来的。直到有一天，父亲手把手教我自己动手种起了丝瓜，我才从中感悟了不少东西。

开春，父亲从朋友处讨来了丝瓜籽与我一起在院外的墙边泥土中栽了下去，以后是天天关心着什么时候发芽，十多天以后瓜芽从泥土中顽固地钻了出来，长到尺把长之后，父亲教我用竹棒之类的东西插入泥土中固定瓜秧，让它顺棒朝上长，不至于长歪。慢慢地瓜秧长过了竹棒开始爬藤，父亲又与我一起驾起了丝瓜棚，只见丝瓜藤顺着棚架朝上长啊长啊，长出了一片，有的长出瓜棚四处乱爬。双休日，父亲又与我将乱窜的瓜藤抓了回来，让它规规矩矩在棚上长。

夏天，瓜棚上长满了绿叶，还开出了黄色的花朵，我们一家在瓜棚下纳凉休息；秋天，辛勤的蜜蜂到瓜棚上采花粉，不停的忙碌着。花谢了，只见瓜棚上长出了一个个的小丝瓜，慢慢地长大成为一个个饱满的丝瓜。采下后便成了我们的桌上餐，吃着自己种的丝瓜心里甭提有多高兴了。

这时候父亲问我："你从种瓜中学到了什么?"我回答："我知道了丝瓜是怎么种出来的。"父亲说："错了，这只是其中之一，还有许多道理是我要从种丝瓜中让你学到的。其实你仔细想想，种丝瓜的过程，这和培养一个小孩子成长的道理有什么两样?等你有了答案时，你就会感到收益匪浅了。"

听了父亲的话我陷入了深深的思索，这些话是什么意思?想啊想啊终于想通了。丝瓜的成长过程和人从小长大一样都必须得到正确的呵护，否则就会出问题，如果没有竹棒之类的帮助引导瓜秧就不可能正常的朝上长；如果没有瓜棚瓜藤就没有生存的依托；如果没有我和父亲双休日将乱窜的瓜藤及时抓回来，瓜藤就会四处乱长影响结果。而我们每一个人的成长不外乎也是这样一个道理。如果没有父母小时候的呵护，手把手的教我们学走路、学说话，我们不可能自己学会很多生活自理的能力，正是他们像竹棒一样陪护着我们、规范着我们的每一个行动，才让我们正常的长大；而瓜棚就像我们的学习环境，在这个正常的环境中，我们才能学到许多应该、必须一定要学习的知识，而老师就像种瓜的人一样为瓜藤的正常生长辛勤地劳作着，不停地把四处乱窜的瓜藤拉回到正确的位置上，使我们每个学生都能学习自己应该学习的东西，让我们能够朝着一个正确的方向茁壮成长。只有丝丝入扣处处不出错，我们才能沐浴着雨露长成果实。

我把悟出的这些想法告诉父亲，父亲朝我笑了笑："有点入门，其中你要思考的还有很多很多。"

通过这件事之后，我认识到原来在我们日常生活中的许多事情，看来不起眼，但要细细回味滋味无穷。而我们目前作为初中生正是要不断地吸收各种知识的时候，碰到问题，学习东西要多问几个为什么，真正将学过的东西学到手，千万不能一学了之，学过算过。

5. 在家庭生活中自我改变

我并非出生于书香门第，家中也少有文人雅士，只拥有一个平平凡凡的家庭，一家三口过着极其普通的生活。但是，我的家里却洋溢着学习的气氛，随时都能闻到一股浓郁的书香味。

爸爸年进四十，中专毕业，有着丰富的人生阅历，事业发展得比较顺利，但几十年行走江湖的经验使他深感自身文化底蕴不足，已跟不上时代的脚步。于是他主动向我讨教标准的国语，认真地阅读各种报刊杂志，耐心地跟我学电脑，与学习来一次全面的“亲密接触”。如今，他在工作上更是春风得意、一帆风顺，他逢人常说：“家里的小祖宗，现在是我的家教小老师。”

而妈妈呢？在我眼中她是一位有着深厚文化基础的才女，她的文笔堪称一流，琴棋书画，虽都只有蜻蜓点水般的造诣，但追求艺术的精神令人赞叹。文学名著、戏剧杂文、电影电视，她什么都爱看，而且过目不忘。

每晚，华灯初上，我家的学习“黄金”时间就到了。我专心致志地做功课，爸爸妈妈就在一旁看报纸、看书，《新民晚报》、《家庭教育报》是我家的每日刊物。有时我碰到难题便向父母请教，可他们毕竟“挥别”课本几十年了，所以常常要绞尽脑汁好半天，才能解答出来。如回答不出来，第二天，他们一定会带到单位里向同事们讨教，直至弄清准确答案。也许是被父母这种锲而不舍的精神所感动，我也一直保持着不懂就问，勤奋努力、向上的学习的习惯，因此我的学习成绩一直名列前茅。做完功课，我便加入父母的行列——看书、看报。美国摩天大厦被炸、中国足球踢进世界杯、中国加入 WTO 等都是我们津津乐道的话题。但是，毕竟不同的年龄层次有不同的观念，因而，我们常常会为一个问题、一件事情争得面红耳赤，不可开交。如果没有一个同一答案，即使口干舌燥，也不会善罢甘休。

我家的经济大权掌握在妈妈手中，而她最乐于的投资就是智力投资。电脑、文曲星等等，只要是对学习有帮助的，她眉头都不会皱一下，立刻买来。双休日，我们一家三口除了看望外公、外婆之外，其余时间大都会泡在上海书城里。妈妈常说："书籍是人类进步的阶梯，书中自有黄金屋。"进入书城，我们便像是扎入了知识的海洋里，各种各样的书籍让人目不暇接，恨不得多长几双眼睛来饱览群书。妈妈因为在酒店里工作，常常和外宾接触，所以她很喜欢阅读酒店英文之类的书，及外国著作《简爱》、《安娜卡列尼娜》等书。爸爸爱翻名人传记等历史书。我呢？爱读《十万个为什么》、《西游记》等等。一家三口兵分三路，各得其所，各选所爱，其乐融融。直到书城打烊，才依依不舍地离去。

在这样一个学习型家庭中，我尽情地享受父母之爱和贪婪地沐浴着知识的阳光。俗话说："书山有路勤为径，学海无涯苦作舟。"今后，我们将继续在知识的海洋里畅游，让学习充盈生活的每一瞬间。

6. 我教父亲学电脑

随着时代的发展、科技的进步，电脑已成为现代社会不可缺少的用品，渗透到每个人的学习、工作和生活之中。小伟一家迷上电脑是从他开始的。他在中学念书，学校里的电脑深深地吸引了他，感到神奇莫测，真的把世界缩小了，自己的思维变的那么迅速和灵活，各个领域的知识、奇事、趣闻都可显示，还可在虚拟世界中与人聊天，交流思想。小伟经常对父母说："电脑真神了，给我买一台电脑吧！"父母为孩子的诚心所感动，当攒够了钱的时候，把一台崭新的电脑搬进了家。这可把小伟乐坏了，电脑像磁块一样把全家的注意力都吸引过来，小伟理所当然地向父母示范起来，只见他轻点鼠标，电脑屏幕上的文字和图像迅速地变换着，小伟边操作边解释，父母心中真有点佩服自己的儿子。小伟的父亲是学历史的，整天在浩瀚的历史文本中游弋。他对《中国通史》是非常熟悉的，但其中有些小典故还不如儿子知道得多。因为儿子经常在网上浏览，那些历史小典故他觉得很有趣，记得很牢。于是他就教父亲如何在网上搜寻，从此父亲对电脑的知识由概念转向操作，果然解决了父亲阅读和写作中的许多问题。有一次父亲在电脑上打印一篇文章，想使图文并茂，在文章的适当位置上加些插图，这下把他难住了，这时儿子过来轻轻点了几下鼠标，插图立刻显示了出来，然后得意地冲父亲一笑，父亲问儿子："你什么时候学会的？"小伟告知，他在学校参加《少年报》组织的"当一天小编辑"的活动中，他学会了用电脑打字、排版、创作小插图、编辑美术字等技术的。此时的父亲意识到一种自身的危机感，觉得孩子在这方面已经领先了，做父亲的要加油赶上，不断“充电”，否则要落后的。妻子也在丈夫的感悟声中，主动地加入到家庭共学电脑的队伍中来。他们买了许多电脑书，既学电脑知识，又学实际操作，父母学习的积极性被儿子调动得旺旺的，有时还要与儿子争着使用电脑呢。除了迷上电脑外，小伟和父母节假日经常去逛书城，在知识的海洋中汲取各自感兴趣的书籍，买回家里，先自学后换学，再交流，抓住一起餐饮和休息的时间谈心得体会，彼此间不仅多了很多共同语言，而且自身地知识量都大大地丰富了。

随着现代经济、科技的发展，老一辈人的知识经验有许多方面可能变得陈旧了，而年轻人对某些新情况、新知识有着较多、较及时的了解。因此，青年人能向长辈们提供新的信息、新的思维方式和生活样式。作为父母应向孩子学习，这在学术界称为“文化反哺”。在世代交替的文化传递过程中，无论对社会进步还是家庭成员自身的发展，都起着积极的平衡和推进作用。

7. 家长在学习型家庭中的感想

家庭是孩子第一个重要的学习场所；父母是孩子最早的老师也是终身老师。现在的孩子几乎都是独生子女，彼此间都有着不同的优越感。作为家庭成员的父母，深感教育孩子的责任重大。

虽说我们的父辈都是知识分子。教育工作者，对孩子的教育理应有一套。可在教育过程中，我们发现有时他们对他的非分要求、无理取闹听之任之，真是宠爱有加、有时简直真是溺爱。

作为父母我们应有义务和责任抚育孩子成人乃至成材，并为之提供在成年前的合适环境，使其健康、幸福地成长。所以说，在我们家庭中抚育孩子是重要任务。

由于受市场经济的影响，我原单位被迫转制，由国企变成私企，工厂也搬到青浦赵屯了，每星期回来一次。孩子的爸爸工作也挺忙。为了孩子，我放弃了原来的职务和薪水，选择了在市区重新找工作。想想容易，真找还挺难。没有办法，我只能重新学习专业知识，这其中不乏甜、酸、苦、辣。

记得有一次我白天上临时班，晚上还赶着上课，晚饭也来不及吃。我听完课时天正下着大雨，等我回家已经变成了一只落汤鸡。一进门，饥寒交迫的我不禁泪流满面，孩子见到我这副模样，连忙安慰到："妈妈，别难过，我们会好的。"听着儿子温馨的话语，我破涕而笑，"对，我们会好的，妈妈会努力！"由于要学习，一有空，我就看书看资料，这些孩子全看在眼里，不知不觉儿子也养成了有空看课外书籍的好习惯，孩子的知识面也宽了。

我认为，在孩子的成长过程中言教虽重要，身教更加值得提倡。

我们在学习中，也在转变观念，改变教育方式。过去我们只注重抓孩子的学科成绩，其他管的不多。通过自己在社会上找寻工作的经历，感悟到抓好学科成绩虽然重要，但培养孩子的道德观、自信心、心理承受能力、社交能力和强壮的体魄也很重要，缺一不可。为此，只要我们和孩子都有空，我们一家就经常外出观光、旅游，有时还带上儿子的小伙伴——他的表姐。我们不跟旅游社去，都是自己出游。有时让孩子自己当家，这样对孩子的综合能力提高是很有好处的。

记得有一次暑假我们到杭州灵山去玩，由于是星期五又加上阴雨天，游人很少，整个山洞只有我们四个人，山洞里水雾缭绕，蝙蝠在上空盘旋，唧唧地哼着；蛤蟆在地上跳跃，呱呱地叫着；山泉在洞壁流淌，叮叮地响着；不时还传来阵阵的臭味，让人感到阴森恐怖、毛骨悚然。儿子这时打退堂鼓了，我们就及时给孩子鼓励，告诉他坚持就是胜利，当我们四个爬出洞口时都自信地笑了。大家兴高采烈地直奔酒店，孩子晚饭吃得也特别多，临睡前儿子对我们说："今天爬山洞，我终身难忘。"

我认为，在孩子需要保护、鼓励时，作为父母应站在他的身边，让孩子感到亲情之爱。

在我们家里遇上家庭大事、重要的事项时，全家讨论，谁说得有理，就听谁的。当有反对意见时，一家人投票表决，多数服从少数，让孩子感到自己是家庭中重要的一员。

记得今年春节，孩子的爸爸想买一台多功能彩电，我征求儿子的意见，他对我们说："现在我家彩电还能看不用买，我们节约一点吧。"孩子的话有道理，我们该听他的。

我认为，在孩子需要沟通时，作为父母应以朋友的身份仔细听他的倾诉，并同孩子一起分析、理解，让他感到生活的可爱。

总之，孩子的教育很重要，也很难。我们会为之努力！

8. 学习无止境 书香飘满屋

第四届上海市优秀进城务工青年吴良安，是江苏来沪的一位打工者。他从写字像"鬼画符"一样的"潦草先生"，到走上讲台当书法老师、成为中国硬笔书法家协会会员。毫无疑问，吴良安的打工路，就是一个学习、学习、再学习的过程。

2001年春节，吴良安和邻村姑娘杨春玲喜结良缘。他们的结合，源于他们对书法艺术的共同追求。曾经，吴良安还是小杨的书法老师呢。

小杨是知书达理的好姑娘，他们的婚礼是同龄人中最简单的一种。小杨说得好："现在社会竞争激烈，说不准哪一天我们'江郎才尽'被社会淘汰。所以，还是把艰辛挣来的钱用在给自己充电划算。"她本来在一家广告公司上班，为了给丈夫事业上大力的支持，特地利用双休日去书画装裱公司学习手艺。由于意志坚定决心大，别人要两年才能掌握的技艺，她在一年时间里就能得心应手、独立操作了。

妻子对自己的事业甘做"贤内助"，做丈夫的又岂能无动于衷？吴良安坐不住了，稍有空闲，他就向妻子请教计算机操作技术。指点鼠标、敲击键盘，吴良安专心致志地学，小杨手把手地教。当吴良安用刚学的王码五笔在电脑屏幕上敲下"春玲——我爱你！"字样时，夫妻俩高兴得乐开了怀。

现在，已取得书法篆刻大专毕业证书的吴良安，又马不停蹄地攻读本科课程。妻子杨春玲则在他创办的书法艺术工作室从事书画装裱工作，并报名参加了现代企业管理(专科)的学习。

鉴于吴良安夫妻勤奋上进的学习精神，杨浦区妇联向上海家庭文化节组委会作了推荐，他们最终入选"上海市学习型家庭"，成为申城100户学习型家庭中的一个。

9. 共同学习 共同成长

我是王颖洲，今年 8 岁。我们一家三口人，爸爸、妈妈和我。爸爸在设计院工作，妈妈在研究院上班。爸爸和妈妈既是我的朋友，也是我的家庭老师。我们一起学习，共同进步。我家有很多各种各样的图书，每个人的爱好也不一样。我最喜欢学习新的本领。我的爱好是画画，看书，下围棋和游泳。我喜欢和爸爸或者是网上的小朋友对弈；也喜欢和妈妈一起讲故事、学英语。我有过一些成绩，但爸妈对我说“成绩都已成为过去，不能代表将来，以后一切都要从零开始”，所以我并不骄傲。我的家是温馨而又快乐的家，我喜欢我的家。

我们对学习型家庭的理解是，其内涵包括学习的家庭（即学习的必要硬件如书报、电脑等）和家庭的学习（即学习的活动，包括个人自主的学习，例如看书读报、自学等；团体学习，例如参加进修、读书会、研讨会；生活中学习，例如参观、游览等）。不同的家庭结构，家庭的学习可以有各种不同的模式。但不管模式如何，都具有一个共同的特征：家庭成员应共同分享学习成果，在休闲的时间里，配置共同的学习时间，相互沟通，互相学习，共同成长。

创建学习型家庭，首先应从父母做起。父母是创建学习型家庭的主体，父母只有带头学习，才能为孩子营造一个良好的学习氛围。当今社会纵然你有再高的学历还得不断学习，只有通过学习，才能与时俱进，与社会同步和谐，以适应知识经济的日新月异。父母不断学习文化知识,不仅能提高家庭教育的水平,而且这种学习态度和学习精神,也是对孩子一种无声的教育,是孩子终身学习的榜样。

在学习过程中,我们非常注重在家庭中创建良好的学习氛围。我们认为在整个家庭生活中,家长既是教育者,也是受教育者,家长和孩子应该是平等的,应在生活中共同学习、共同提高,最重要的是在生活中和孩子一起共同学会做人。平时我们经常对孩子的学习予以鼓励,经常以"你能行"、"你真行"去激励他,使我们的孩子初步养成了爱学习、主动学习的良好习惯。平时我们和孩子一起探讨学习中遇到的难题,同时根据书本的内容适时地给予指导,以求他弄懂弄通,让他真正掌握这些基础知识。在共同学习的过程中,我们也从孩子身上学到了不少东西,记得有一次,王颖洲在背诵唐诗,当他背到崔颢的《黄鹤楼》时,我问他写诗的作者是崔颢(jing)吗?他马上提醒我说:"妈妈,你读错了,应该读崔颢(hào)"。后来我们翻开了字典,原来,确实是我读错了。为此,我真诚地接受了他的纠正,并鼓励他说:"你是妈妈的拼音老师"。我这认真的态度和一句表扬的话,使孩子很有感触,同时也对学习更有自信心了。

学习是多方面的。在注重知识学习的同时,我们还特别注重对孩子日常行为方面的教育。不管有什么东西都要能与人分享,如:家中有好吃的东西,要先想到长辈、父母,然后才是自己;既要懂得礼貌待人,也要懂得关心、爱护人,在学校要与同学友好相处,互相帮助。教育他要做一个诚实的孩子,做错了事要勇于承认。我们以为一个全面发展的孩子,应该是德才兼备的,品德教育和智力开发同样重要。

生活中每个人都会有成功的喜悦,也会有失败的苦涩,关键是要让孩子正确对待这些成绩或困难。对孩子多些鼓励和宽容,少些指责,这样才能让孩子的个性得到充分发展。王颖洲在一年级两学期的考试中,每门功课都获得了一百分,虽然有些不易,但对他来说这毕竟才一年级,在学习的道路上刚迈出第一步,不能沾沾自喜。因此,每当他有了成绩或荣誉时,我们都会对他说"这些都已成为过去,一百分只能说明你过去一年的学习还可以,不能代表将来,以后一切都要从零开始。"这一句平常的话,让孩子明白了获得几个一百分也是很平常的事情,千万不能骄傲自满。而在刚开始上游泳课学闷水时,由于我们以前从没有带他下过水,他有些胆怯,甚至有些不愿意去上游泳课。面对这一情况,我们没有指责他,而是对他进行了鼓励和帮助。每天洗澡前,他爸爸先放一大盆水,然后自己先示范闷水,接下来再让他练习,同时不断地鼓励他,增强了他的自信心。经过几天的反复练习,他终于战胜了胆怯的心理,学会了闷水,而且以后每次都很愿意去上游泳课,最后还在游泳打腿比赛中得了第三名。

学习型家庭的创建是个不断实践的过程,也是父母和孩子共同学习、不断成长的过程。在家里我们除了学习文化知识外,还和孩子一起上网,一起下围棋,让孩子在学习棋艺的同时,锻炼意志,不怕挫折。同时和他一起玩,一起做游戏,拼装模型等等。在玩的过程中,孩子不但学会了各种技巧,而且也学会了如何与他人共同合作友好相处,使整个家庭生活充满了乐趣。

10. 一家四口是“读书虫”

陈红恩是南宁市兴宁区人民法院民二庭副庭长，她的家很普通，由其母、丈夫、儿子和她4人组成。陈母是位退休教师，对学习和教育有一种特别的兴趣。在她的熏陶下，陈红恩一家都爱与书为伍。

“如果哪天晚上，你偶尔来我家，看到的情景肯定是：我坐在计算机前上网阅读有关法律文章，我的丈夫埋头写着工作计划，而我的母亲和小孩则津津有味地看画报，孩子不断侧头向外婆询问一些富有想象力的问题。”陈红恩幸福地向记者描述她的一家。

在陈红恩一家人眼中，现代社会是日新月异的社会。“逆水行舟，不进则退。即使是博士，不学习，三年也会落后。”陈红恩这样说。她认为只有不断学习，才能跟上时代的步伐。

作为庭里的业务骨干，陈红恩撰写的论文及法律文书均在南宁市法院系统评比中获过奖。在许多人眼中，她算得上是个成功的女人——事业有成、家庭幸福，安安分分地享受工作和生活，多好！可陈红恩却不愿这样“安分”过一生。

去年，南宁市中级人民法院给兴宁区人民法院下达参加全国联考报考研究生的名额，陈红恩不顾工作繁忙，报了名。报名备考的日子相当苦，工作不能丢，儿子也要照顾。她起早贪黑，趁休息时间抓紧每一分钟时间复习。累了困了，就趴在书桌上，眯一会又继续复习。

“幸好我的家人很支持，否则未必坚持得下来。”说起那段日子，陈红恩心中百般滋味。那时候老母亲每天将家里打理得井井有条，尽量不让她分心，丈夫则不断地从精神和“物质”上鼓励她。当她累了，为她捏捏肩膀；渴了，捧一杯热茶轻轻放在案头。

联考之后，陈红恩终于考上了西南政法大学在职攻读法律硕士研究生。考上研究生后，她的学习任务更重了，为了工作学习两不误，她经常利用周末时间加班。为了节省路途时间，中午下班她也不回家，干脆在办公室休息。

除了大人加强学习外，陈红恩一家很重视孩子的健康成长。家里订阅了很多报刊杂志，还购买一些有关素质教育的书刊，经常从书上汲取科学的教育方法，培养孩子的学习兴趣。

“让孩子在玩耍中学习”是陈红恩一家最喜欢采用的家庭教育方式。每到傍晚，她和丈夫就带孩子到南湖广场或别的什么地方散步，看看喷泉，玩玩沙子。有时也让年幼的孩子在她和丈夫之间转圈锻炼跑步，每跑一圈捡一颗石子，在数石子中不经意地学数学。

11. 女儿当妈妈的英语老师

南宁市五一路小学教导处副主任李秀玉的女儿今年 6 岁半了。作为一个教育工作者，李秀玉更懂得家庭教育对小孩成长和发展的重要性。俗话说父母是孩子的教师和榜样，父母的工作态度、兴趣爱好、言行举止、待人接物、生活方式甚至走路姿势，都可能对孩子起着潜移默化的作用。事实上，李秀玉与爱人总是有意识地给孩子营造一种幸福、民主、和谐的家庭学习气氛。

每天晚饭后，李秀玉都习惯地看书做笔记或上网查阅资料。久而久之，孩子也很自然地坐在一旁翻看她的童话、寓言书，但翻过几次后对书又不感兴趣了。原来她识字不多，不知故事内容，看再久也不知所云。李秀玉发现女儿这个小秘密后，就把书上常出现的汉字按动物、植物、交通工具、人物名称等归类让她认，孩子识字的兴趣一下就来了。一段时间以后，李秀玉又把这些汉字打入电脑，变魔术般地不断变换要认的字，弄得女儿大睁双眼开开心心地辨认，识字量由原来的 100 多个上升到 600 多个。识字量增多后，阅读量自然也跟着增大，现在孩子不但能阅读童话故事，而且也能阅读儿童版的《西游记》和一些中外短篇名著，并养成了睡前阅读的习惯。

女儿 5 岁开始学习剑桥英语，李秀玉一直坚持陪读，只要没有非常紧急的事，每次送孩子进教室后她都会站在教室旁边听。回家后她就跟孩子玩英语单词猜字游戏，让她增强记忆。一次，李秀玉把“嘴巴”的英语单词“mouth”发成了相近的“mouse”(老鼠)。女儿听了忍不住格格笑，从卧室里找出一只玩具小老鼠认真告诉妈妈，读音弄错了，意思也差了十万八千里。

李秀玉趁机与女儿勾手指秘密订下一项“协议”，女儿当她的英语老师，帮她纠正英语发音；她当女儿的语文老师，母女俩互相帮助，取长补短。与“剑桥女儿”混久了，搞得这位语文教师上课时久不久也冒出几句通俗直白的英语单词，以代替一些常用的词语和数字。学生们听着很新奇，上课特别来劲。

强扭的瓜不甜。李秀玉和丈夫从不勉强女儿学什么不学什么，也不特别在意她的分数和排名，“重在参与”是夫妇俩常在女儿面前说的一句话。一次暑假，她带女儿学游泳，女儿胆小，不敢下水，同去的孩子都已会仰泳了，她还只能扒着浮板乱划。夫妇俩没有逼得太紧，只是鼓励她，从不敢下水到敢带着浮板游水，对她来说已有很大进步。在毫无心理压力的情况下，一个暑假下来，女儿的游泳本领进步了很多。

12. 我和父母都进步了

上海虹口中学开展了“创建学习型家庭”活动，学生们普遍反映学习效果不错。

不少学生讲，以前一个人读书没劲，现在全家一起读书很有劲。我教爸爸学英语，APEC 会议常用英语爸爸全会说了，现在我的读书成绩也提高了。我和爸爸妈妈一起学习，我们知道了公民道德建设的重要性。我们每个公民都要认真地去做，从我做起，从身边做起，做一个有良好道德素质的公民。经过学习，我和我的父母都有了进步，父母对工作越来越认真，我对他们也刮目相看。

（莲明）

13. 家里再也没有争吵声了

延风中学初一(1)班的葛慧丽同学与父母一起上书店，买回来 18 本书，书架上层放自己的书，中层放父母爱看的书，最下一层放外公的书，并且设立图书卡，以便把书放好，最后让外公来检查。

她说："我觉得每个人都应该有一个读书角，这能让我们有更好的学习条件，让经历过'文化大革命'的父母能从头开始学习，从头开始读书。"

"这次活动使我长了不少知识，我们家每天饭后都在读书，家里再也没有争吵声了。如果遇到不懂的问题，大家一起讨论，翻阅字词典。我现在每天晚上看书几个小时，爸爸妈妈也会向我来借各种书。我们以后会继续买书，把我们的书橱全部装满。"

（吕玲）

1. 阅读是一种生活态度

现在家长们对孩子阅读习惯的培养，没有引起足够的重视，只要孩子交来令自己满意的成绩单，他们阅读些什么书，家长越来越觉得无关痛痒。

然而，对课外阅读不感兴趣，却反映了我们在教育的导向上还是以功利为主的偏差。

一般人的观念是"无聊才读书"，没有把阅读视作心智成长、思考能力提升的生活良伴。

要是阅读能成为人人生活的一部分，并且不分职业、身份、阶层普遍地阅读，社会素质的提升便是一个很自然的结果。

瑞典设立的诺贝尔文学奖有百多年传统，每年把世界各种语言里面最优秀的作品翻译为瑞典文以供评审。瑞典人的确是个好学的民族，读书读报，连牛奶瓶上的说明书往往也不放过。瑞典人除了养成上图书馆的习惯外，大多数人都以家中藏书为荣。

家长们，就让孩子对阅读的热爱先在家庭中养成吧！可以细选优秀的书刊让他们阅读，以书画作为激励他们的礼物，时常与他们共读，让阅读形成孩子的生活态度。

（新加）

2. 创建学习型家庭是时代需要

如果家长从吃饭开始打开电视机，一直看到夜晚，却叫10来岁的孩子看书，无论什么天大的理由孩子也不会信服——看书比看电视好。问题的关键不是如何完成学校布置的读书任务，而是在家庭中营造一种看书的环境，创造一个学习型家庭。家庭应该订阅一些杂志、报纸。图书、报刊既能帮助家长营造一个看书的环境，同时也能激起孩子阅读长篇文章的兴趣。不仅如此，还应该给孩子订阅他喜欢的报刊。让孩子读到他想读的任何图书，不要阻止他的决定。在新的时代，家长应该明白，创建学习型家庭是时代的需要，是现代社会进步的标志。

（冉福）

3. 让孩子一生与好书为伴

一个人的精神发育史实质上就是一个人的阅读史，而一个民族的精神境界在很大程度上取决于全民族的阅读水平。莎士比亚说："书籍是全人类的营养品，生活里没有书籍就好像天空没有阳光；智慧里没有书籍就好像鸟儿没有翅膀。"如果能让孩子一生与好书为伴，那他的灵魂就不会空虚，他的头脑就不会愚笨。课外阅读是少年儿童人格形成的半壁江山，授之以鱼。不如授之以渔，与孩子们在一起学习，会使枯燥的学习充满了乐趣、充满了生机。家长的行动，将影响孩子的一生。

（赵俞）

4. 现代家庭缺少什么

走进学生家庭，面对二室一厅的居室，豪华的装潢，一应全的家用电器……我们可以自豪地说：生活已进入小康。然而作为 21 世纪的现代人，难道家庭生活的高品质仅仅满足于物质的富裕？

家庭是爱的学校，是塑造孩子健全人格的第一环境，是亲子共同学习，一起成长的发展空间。家庭氛围对孩子的成长至关重要，但氛围并非完全由物质组成。从孩子健康成长的需求出发，现代家庭还缺少什么？

缺文化含量

前苏联教育家苏霍姆林斯基说过:"家庭里别的可以少一点,但不能没有书。"但在不少家庭里,有的是教科书、参考书、习题集,惟独没有课外读物;有孩子读的书,却没有父母看的书。在这些家长眼里,只有语文、数学课本是正书,其他都是"闲书"。

一项对上海市1313户中小学生家庭现状调查显示:可见,一些家庭的文化含量还有待提高。可以这么说:家长在家庭里,首先是学习者,然后才是教育者,家长离开学习,就不可能成为称职的教育者,不会有高质量的家庭教育。如果我们的家长每天拨出一块时间与孩子共同阅读,分享心得体会,对孩子来说,这是一种无声的教育,也许比唠叨更为有效。

一个孩子在成长过程中,同时需要三个世界的丰富和成熟:生活世界、知识世界和心灵世界。而要丰富成熟这三个世界离不开广泛而有意义的阅读和学习。课外阅读看上去是"闲书",这如同杂粮一样,有利于孩子的健康发育和营养平衡。

缺共同时间

当今社会,竞争加剧,生活节奏加快。那些只顾忙着挣钱,忙着官场追逐,忙着应酬的为人父母者,舍不得将时间花在孩子身上,甚至在一个星期里竟然没有时间与孩子一起学习,一起活动。没有共同时间,便无法倾听孩子的心声,无法了解孩子的心理需求,更不会欣赏孩子成长的脚步,当然也无法随时拨正孩子前进的方向。

家长一般都非常重视在金钱支持上如何精打细算,但在家庭生活时间安排上,如何合理科学配置,却很少有家长顾及。以现代的生活理念，我们如何对待时间的方式，其实是我们建构世界的方式和营造家庭生活的方式。家人相聚时间的数量与品质是衡量家庭生活品质的重要标志。

缺情感支持

当前，家庭面临最大的威胁是家庭的稳定性愈来愈受到挑战，离婚率逐年上升，上海已有10万儿童生活在单亲家庭之中。

上海社科院一项调查结果显示：夫妻之间的争吵原因十年前绝大多数是“经济生活”，十年后的今天，夫妻争吵原因中46.8%的导火线为“子女教育”。

一个初二学生说：我第一次考到第一名，父母很高兴，带我去了“肯德基”。后来我做了班干部，成绩一直很好，我发现成绩能带给父母最大的满足。一次，我考砸了，拿了一张“惨不忍睹”的卷子回到家，父母的脸上露出了疑惑的神情，原来“分数”才是父母最疼爱的孩子……父母对子女成长的期望是可以理解的。但如果把这种期望局限在“分数”上，那么这种期望是片面的。如果父母抛弃自身的发展，把全家的“宝”押在孩子一人身上，孩子稚嫩的肩膀是难以承受的。父母与孩子都应该有自己的发展空间和个人愿景。

作为孩子，多么希望生活中父母能拍拍他的肩，以赞赏的口吻地他说：“好样的，真是一个男子汉！”多给孩子一点自信和勇气，多给孩子一点支持和鼓励，这是孩子精神力量所在，是父母责任和义务所在，也是父母健康心态的具体表现。情感支持是家庭稳固的基础，是家庭生活幸福美满的源泉，是孩子健康成长的阳光。这种情感支持是双向的，互动的，父母应该成为孩子的情感支持者，孩子同样也是父母的情感支持者。

缺家庭民主

生态系统中,生物与生物之间存在一条生物链,而在一些家庭里,也有这么一条无形的链。一个孩子说:在家里,我怕爸爸,爸爸屈从妈妈,妈妈尊敬外婆,而外婆总是宠着我。因此,我既是最小的,又是最大的。

一个初一学生这样评价自己的父母:我的父母是权威的象征,使人不敢冒犯。他们常常拿出"镇山法宝"——"大人的事,小孩子别管"回绝我。"没大没小"、"没分寸"等压制性很强的话,经常挂在妈妈嘴边,当我真诚地提出要与妈妈做朋友时,妈妈感觉这好像是"天方夜谭",不可思议。

亲子关系是家庭教育的哲学基础,有什么样的亲子关系,就有什么样的家庭教育,没有平等的亲子关系就不可能有高质量的家庭教育,因为家庭教育是亲子互动的过程。

为什么在不少家庭亲子之间难以沟通,缺少共同语言?为什么家庭悲剧时有发生?其根源也许在于家庭中缺少平等的亲子关系,做父母的不能放下自己的身段以低权威的姿态与孩子说话,不尊重孩子的人格,不把孩子当作一个独立的人。要记住:家长在家庭中的角色不是裁判,不是警察,而应该是与孩子共同成长的朋友。

(乐善耀)

学习型社区方案

上海大宁路街道建设学习型社区方案

大宁路街道是市教委命名的上海市学习化社区实验基地。近年来，在创建学习型社区的工作中，立足家庭楼组辐射小区社区，编织教育网络，建立运行机制，构筑终身学习体系，营造处处是学校，人人是学员的社区学习氛围，使“楼组成为文化的绿洲，小区成为学习的课堂”，社区成为没有围墙的学校。

学习型家庭方案

1. 鼓励每一户家庭通过下列途径创建学习型家庭。

(1) 经常购买或借阅图书、订阅报刊杂志，家庭有一定藏书量。

(2) 重视智力投资，全家有一定收入作为家庭教育经费。

(3) 家庭成员之间有共同学习交流时间，生活态度积极进取。

(4) 经常召开家庭会议，家庭重大决策有民主性。

2. 向社区家庭发出“每天读书学习 1 小时”的倡议。

3. 开展“家庭学习格言”征集活动。

4. 开展“学力更甚于学历”、“我心目中的学习型社区”等征文活动。

5. 组织“提高家庭生活知识含量”演讲交流活动。

学习型楼组方案

1. 鼓励每一幢星级文明楼组通过下列途径创建学习型楼组。

(1) 有具体的创建计划和楼组学习制度。

(2) 有文化宣传阵地,经常更新内容。

(3) 有精神文明建设特色,家庭和睦,邻里互学互助。

(4) 有 3—5 名楼组成员组成指导小组。

(5) 楼组里有一定数量的学习型家庭。

2. 在条件成熟情况下,连点成片,培育片状学习型楼组。

3. 组织学习型楼组互相学习交流,促进共同提高。

4. 组织中学生,开展"见习楼组长"活动。

5. 发挥学习型楼组辐射功能,进一步走进小区,走向社区。

学习型企事业单位方案

1. 鼓励社区单位通过下列途径创建学习型单位

(1) 宣传、倡导在工作中学习、在学习中工作的理念。

(2) 制订创建学习型组织工作计划,落实相关措施。

(3) 发挥单位自身的设施、技术、人力等资源优势,参与学习型社区创建活动。

2. 组建创建学习型组织联席会议载体,形成创建学习型社区共同愿景,同时为各社区单位提供学习、交流、沟通平台。

3. 利用社区资源,为社区单位创建学习型组织提供支持和帮助。

4. 邀请专家学者、有关领导参加社区单位创建学习型组织的理论研讨、信息发布会。

5. 组织社区单位外出学习观摩。

评选学习型家庭、学习型楼组、学习型企事业单位

1. 拟订学习型家庭、学习型楼组、学习型组织(企业、学校、医院、部队和机关)评审活动方案。

2. 建立学习型组织评审工作小组。

3. 评选表彰"学习之星",予以总结、宣传。

4. 组织"学习之星"代表演讲交流。

结合各级学校实际,推动终身学习型学校建设

1. 邀请教师参加终身学习理论研讨。

2. 协助各校开展学习型学校的制度研究。

3. 协助各校利用社区资源开展有关的教学活动。

4. 组织学生以社区为基地,开展社会实践。

上海江宁路街道创建学习型社区三年规划

江宁路街道位于静安区中北部，东起泰兴路、西苏州路，西沿胶州路、常德路，南迄新闸路、北京西路，北至安远路。占地面积 1.84 平方公里，共有居民 3 万多户，9 万余人，21 个居委会。

近年来，街道党工委、办事处认真按照静安区委、区政府关于建设“双高”区（高品位的商业商务区，高品质的生活居住区）的奋斗目标，围绕不断提高市级文明社区创建水平的工作任务，积极探索，不断拓展，扎实推进，深入开展群众性精神文明创建活动，进一步提高了居民群众对社区精神文明建设的知晓率、参与率和满意率，街道连续两次被评为上海市文明社区。面对社区建设和管理的新形势、新要求，作为街道社区来说，如何在党的十六大精神指引下，以“三个代表”重要思想为指导，积极倡导终身教育，建设学习型城区，不断充实文明社区建设的内涵，不断满足人民群众的精神文化需求，不断提高市民的生活质量，促进街道社区居民群众素质的提升和全面发展，已成为深入开展文明社区创建必须要重视的重要课题和工作任务。为此，我们根据党的十六大精神，按照全国教育工作会议关于“建立和完善终身教育制度”的工作要求，从建设学习型社区着手，以人为本，努力创造市民终身学习、终身教育的良好氛围，提高社区居民思想道德和科学文化素质，提高社区文明程度，结合街道实际，特制定建设学习型社区三年工作规划。

一、学习型社区建设的工作基础逐步形成

1. 群众性精神文明创建活动的深入开展，为学习型社区建设夯实了工作基础。这几年来，街道党工委、办事处注重家庭、楼组和小区建设，从五好家庭、文明楼组、文明小区、特色小区着手，不断拓展，积极进取，推动了群众性精神文明创建活动深入开展。街道辖区内现有市级文明小区15个，区级文明小区4个，有63.81％的居民生活在市、区级文明小区之中，促进了街道社区建设和管理的各项工作，先后荣获全国民族团结进步模范集体、全国“爱心献功臣行动”先进集体、全国社区体育工作先进集体、上海市文明社区、上海市社区民族工作先进集体、上海市一级卫生街道、上海市重点工程实事立功竞赛优秀单位、上海市社区体育健身设施实事工程先进集体、苏州河中小道路综合整治重点工程实事立功竞赛先进集体、上海市外来流动人口管理先进集体，尊师重教工作也被评为市先进。

2. 社区教育工作的扎实推进为学习型社区建设创造了工作条件。街道党工委、办事处把社区教育作为社区精神文明建设的一项重要内容，纳入到社区精神文明建设的工作目标中来，建立了社区教育委员会，定期商量研究，定期调查摸底，定期组织活动，定期检查总结。同时充分运用社区资源，努力创新工作载体，整体推进社区教育工作，使社区教育不断成为提高市民素质、提高社区文明程度和居民群众生活质量的重要途径。

3. 资源共享，形成合力，为学习型社区建设营造了良好的工作环境。街道辖区内有各类学校十六所，其中大学一所，中学六所，小学二所，九年一贯制学校一所，中专、技校三所，幼儿园三所，中共静安区委、区政府、区人大常委会、区政协等机关和上海医药工业研究院、上海机床研究所、邮电部第三研究所、静安区科委、静安区图书馆、静安区体育中心、艺海大厦、静安区工人俱乐部、静安区中心医院、上海市儿童医院等单位也在我街道范围内，社区教育资源较为丰富。与此同时，随着辖区内多处地块旧房改造的启动，江宁路、康定路周边地段将建成静安北部文化、教育、体育中心示范区域，街道面貌将发生根本性变化，人文资源将不断丰富。

二、学习型社区建设的总体目标和主要任务

1. 总体目标

三年内要把我街道社区建设成为初具规模的学习型社区，体现出四个根本性标志，即：社区环境和生活质量进一步改善，文明建设和文化氛围进一步增强，社区成员整体素质进一步提高，可持续发展的能力进一步显现。

社区成员整体素质进一步提高，主要是：

居民文化素质进一步提高，英语、计算机应用普及率大幅度上升；普遍开展文明市民教育，大力弘扬社会主义新道德、新风尚，形成科学、文明、健康的生活方式，无封建迷信活动，居民群众尊老爱幼，团结和睦，互帮互助，文明礼貌，展现江宁社区居民蓬勃向上的良好风气。

文明建设、文化氛围进一步增强，主要是：

继续按照精神文明创建工作要求，不断扩大文明小区创建的覆盖率，力争使 90% 以上的居民生活在市、区级文明小区之中。至 2005 年底，社区内创建学习型楼组超过 50%，学习型家庭超过 60%。保证一定的文化、体育娱乐场所，大力普及科学知识，经常组织居民开展丰富多彩、内容健康的文化体育活动，开展家庭文化建设，提高居民的思想道德素质和文化修养。

社区环境和生活质量进一步改善，可持续发展的能力进一步显现，主要是：

通过学习型社区建设的深入开展，要使社区环境和生活质量进一步提高，不断巩固市一级卫生街道创建成果，继续拓展绿地面积，深化绿色小区创建。要充分利用社区服务的组织机构、网络和设施，面向社区居民积极开展便民利民、帮困救助、社会保障和就业等服务。同时，要紧紧抓住静安北部开发的契机，调动各方积极因素，进一步显现可持续发展能力，保持街道经济持续、快速、健康发展，为社区建设和发展提供更好的物质保障。

2. 主要任务

服务社区发展，以努力提高市民文明素质、不断巩固和扩大文明社区创建成果为宗旨，根据社区居民不断提升的精神文化需求，进一步推进社区学校办学的规范化；加强思想道德建设，倡导健康向上的社会主义道德风尚，不断提高人们的思想道德素质；传播科学知识和科学技术，努力实现学校、社会、家庭教育一体化；积极探索创新社区教育的办学形式，不断拓展教育服务项目，提高社区教育质量，根据不同年龄、学历层次居民的教育需求开设多种类、全方位的教学课程，树立江宁品牌。

三、分阶段规划

1. 初建阶段

首先创建街道、居委两级学习型组织的工作机构，落实力量；其次，选择培明、教师公寓、兴海城等三个基础较好的小区开展学习型小区试点工作。拟从四方面着手：

(1)建立网络。在街道层面,建立街道创建学习型社区领导小组,组长为街道党工委书记,分管书记为副组长,下设办公室具体负责社区教育日常工作;在居委层面建立学习型社区建设工作小组,党总支(支部)书记负责,落实一名居委干部做好具体工作。自上而下全面构筑创建网络,实行党工委书记亲自抓、分管领导具体抓、职能科室分头抓、基层组织一起抓的运作机制,努力形成学习型社区建设齐抓共管的组织体系。

(2)调查现状。通过发放调查问卷、召开座谈会等形式,从家庭基本状况、学习设施、学习情况、学习成果和学习特色等五方面内容,基本掌握社区居民家庭文化学习的现状。

(3)广泛宣传。在街道社区的主要路段和试点小区设置宣传牌,利用各种载体和阵地广泛进行宣传。尤其是在收集典型材料的基础上,编纂创建学习型组织案例,在全街道广泛宣传交流,充分发挥其示范效应,形成学习型组织的创建氛围。

(4)制订标准。通过调研摸底、归纳分析,以学习目标、学习主体、学习内容、学习场所、学习时间、学习方式、学习成果等七项为基本依据,初步制订学习型组织的评比标准。这一标准既要符合市区有关部门的基本要求,也要考虑到本地区居民的文化层次,注重实际,为居民所能接受。

2. 推进阶段

进一步完善组织体系,加强管理和指导,把试点工作推向社区内市、区级文明小区。拟从三方面着手:

(1)规范组织。规范社区两级学习网络,增强工作效能。健全终身教育的运作机制,壮大"大教育"志愿者队伍,实现社区相互学习、共同提高的良性循环。

(2)结对共建。进一步完善结对共建制度，重新制订对口共建方案，充分发挥各类学校在学习型社区建设中的积极性。

(3)抓好阵地。在小区里扶持以提高生活质量为目的的休闲学习群体，推动“学习型楼组”和“学习型家庭”的创建活动。

3. 发展阶段

总结经验，做好理论研究，把终身教育理念融入整个社区，基本达到学习型社区的创建目标。拟从两方面着手：

(1)总结经验。街道、居委两级网络全面总结学习型组织建设的成功经验，召开建设学习型社区经验交流会，编纂学习型组织典型案例，制作多媒体幻灯片，及时传播交流，充分发挥宣传引导作用，形成更广泛的创建学习型家庭氛围，不断提高社区居民参与学习的覆盖率。

(2)理论研究。针对学习型社区和社区教育、家庭教育出现的新情况、新问题，加大理论探索力度，撰写调研报告和理论文章。

四、实施措施

(一)以全民教育、终身教育为主线

我们将在制定具体计划基础上，力争从两个方面实现有效突破。

1. 理论探索。针对社区和居民家庭实际，深入调查研究，开展理论探讨，积极寻求新思路、新方法，把学习型家庭创建工作提升到新的高度。针对学习型社区和社区教育、家庭教育出现的新情况、新问题，从理论与实践、形式与内容、硬件与软件、静态与动态、共性与个性、点与面的结合等方面，加强学习型社区建设的理论研究，以理论带动实践，组织学习型社区建设的个案研究,从典型事例中探索规律性,不断深化学习型社区建设。

2. 创建模式。不搞单一形式、内容和方法,坚持从实际出发,实现创建模式、方法、手段的多样化、层次化,提高科学性、可行性,改变“学习型家庭的创建是针对知识型家庭而言”的观念,把创建工作放在更宽、更广的全民层面上思考与实践,形成全民教育、终身教育的氛围。

(二)以整合社区“大教育”资源为依托

1. 坚持把社区“大教育”作为街道社区建设、社区发展规划的重要内容,优先安排、优先规划、优先落实,街道将在人力和财力上给予充分的支持,以确保创建工作的顺利进行。探索企业参与社区教育的模式,在现有基础上扩大影响面和覆盖面。

2. 借静安区“校外教育”的品牌效应,发挥区教育局向社区派送社区老师的资源优势,强化社区、学校、家庭“三位一体”的网络优势,使社区教育网络更加健全。

3. 探索企业参与社区创建活动的长效机制,进一步完善共建制度,充分发挥社区单位特别是企业单位在学习型社区建设中的积极性,挖掘社区人文资源,整合社区资源优势。

(三)以学习型家庭、学习型楼组为抓手

家庭是楼组的细胞,楼组是社区的基础。学习型社区创建的目的,最终归结到人的素质的提高。为此,我们注重从小处着手,加强学习型家庭、学习型楼组的创建的实效性,提升创建水平。

1. 广泛宣传和发动,向社区内每户家庭发出学习型社区、学习型楼组、学习型家庭倡议书,提高知晓率、参与率。根据社区部分居民为在职职工、早出晚归、很难集中学习的特点,在社区创设“楼组学习园地”，充分利用楼组小黑板、楼组宣传橱窗等阵地，号召大家每天读书看报，并轮流将心得体会写在楼组学习园地中，供大家学习参考。

2. 从创建学习型家庭入手，发放《创建学习型家庭征询表》，组织各种类型家庭的座谈会，为制订有等级、分类别的层次式学习型家庭评估条件打下一定基础，使之适用不同类型家庭，从而有效增强创建工作的覆盖面和适用性。

3. 举办形式多样的学习交流活动，增加吸引力。如开展积分型学习活动，以楼组为单位，组织参加科普知识答题积分榜竞赛活动，年度累计积分最高者给予奖励；开展竞赛性学习活动，组织楼组参加诸如“WTO知识竞赛”、“申博知识竞赛”、“知识产权知识竞赛”等活动，在参与中增长知识、汲取营养。

4. 建立“楼组道德评议台”。充分利用楼组学习宣传园地等阵地，对楼道里的好人好事进行表扬、对身边的不文明行为进行点评，将自律和他律很好的结合起来。

5. 树立典型，推广先进经验。建立家庭、楼组学习档案，编印《居民终身学习手册》，跟踪记录居民参与终身学习教育的情况。

6. 按照三年分阶段工作目标，学习型家庭和学习型楼组一年一评，学习型家庭的创建率由第一年的10％增至第三年的50％，每年递增20个百分点；学习型楼组的创建率由第一年的30％递增至第三年的60％，每年递增15个百分点。

（四）以特色工作、主题教育活动为载体

近年来，街道在精神文明创建工作过程中，不断创新，拓展思路，开展了一些特色工作，取得了一定成效。在创建学习型社区的过程中，要继续充分发挥这些特色工作的积极作用。

1. 理论学习小组。在原有的基础上，积极探索理论学习小组的有效做法，不断健全和完善运作机制，并以深入开展理论学习小组活动为抓手，切实加强基层党组织建设，继续抓好以党建促创建、以创建促发展的工作载体。对目前我街道的81个理论学习小组，今后将在巩固提高的基础上，在发挥其作用上下功夫，做到“管理上求完善、内容上求深化、形式上求丰富、效果上求质量”，推动文明社区的创建工作和社区文明建设。

2. 社区学校。针对学习对象的多层次、多特点、多需求，在办学形式上，不断针对群众实际；在办学内容上，要开办更多技能方面的课程，尤其在提高英语普及率和计算机普及率上下功夫，开办不同层次的英语、计算机班级，提高整体水平。

3. 群众文体团队。随着经济发展和市民物质生活水平的日益提高，群众在精神文化方面的需求日益增长，群众自愿、自发组织并以社区为主要活动场地的各类群众文体团队大量涌现。为此，要继续抓好群众文体团队建设，做到群众文体团队不断普及与培育品牌紧密结合。同时，要定期通过展示、竞赛等活动，推进群众文体团队活动深入开展，不断使之健康发展。

4. 爱国主义教育。要继续深挖社区资源潜力，充分发挥街道社区中各类名人作用，如离休老干部、名校长、文化名人等，进行革命传统教育宣讲、作报告等，不断弘扬爱国主义、集体主义、社会主义的主旋律，加强思想政治工作，推进社区的爱国主义教育，促进社区精神文明建设。

5. “我们身边的故事”系列演讲活动。在原来连续四年开展“我们身边的故事”活动的基础上，要继续通过收集、编写、演讲发生在身边的典型事例，大力弘扬居民群众、社区单位职工在社会公德、家庭美德和职业道德建设中的新风尚、好品质，不断在社区倡导和培育健康向上的文明新风，有效地推进了社区思想道德建设，为深入开展社区精神文明建设打下扎实的基础。

6. 政治文明建设。要认真贯彻党的十六大关于加强社会主义政治文明建设的要求，以深入开展“四五”普法教育为抓手，不断增强法治观念。要通过居委直选的形式，积极倡导居民民主自治，不断提高学习型社区居民参与的自觉性。

（五）以加大投入为保障

街道将不断加大对学习型社区建设投入比重，坚持把社区“大学习、大教育”作为街道社区建设、社区发展规划的重要内容，优先安排、优先规划、优先落实，在人力和财力上给予充分的支持，以确保创建工作的顺利进行，为进一步开展学习型社区建设提供物质基础。街道已将多功能文化活动中心作为工作重点摆上议事日程，从硬件上保证建设学习型社区过程中各项活动的顺利开展。

杨浦区延吉新村街道以创建学习型社区为载体深化婚育新风进万家活动

杨浦区延吉街道以创建学习型社区为载体，不断深化“婚育新风进万家”活动，取得良好效果。

延吉街道有中小学16所，大专院校2所，中专1所，托儿所、幼儿园10余所，区属图书馆、文化馆、影院、科委、体育场（馆）也在该街道辖区内，具有丰富的教育文化资源。在开展婚育新风进万家活动中，街道不断创建新的模式、营造新的氛围、探索新的方法，促进人的全面发展，提高人的整体素质。

一、创建一个新的教育模式——“没有围墙的大学”

街道以“构建终身教育体系，创建学习型社区，弘扬婚育新风，提高居民素质”为宗旨，加大对计划生育/生殖保健综合服务站（室）、人口学校的投入，使综合服务站（室）成为传播婚育新风、传授科学知识、普及人口计生法律法规政策等公共服务的窗口。

社区有市民学校、人口学校、老年大学以及社区学习中心和居委分中心等，这些“没有围墙的大学”，使社区居民群众可以就近自愿参加所需要学习的课程。街道人口计生办还成立计划生育生殖健康讲师团，坚持每月安排1—2次不同类型的活动，根据群众需要有针对性地安排课程，普及“六期”科学知识，并在每堂课后抓好信息反馈，不断提高教学质量和教育方法。多年来，街道人口计生办会同街道团委和妇联在医专、出版等两所高等院校开展青年学生的性心理、性生理、性道德和婚恋观教育，不定期地请心理专家对两所大专院校的学生进行心理辅导和面对面咨询服务，帮助青年学生走出性困惑的误区，使他们能够健康成长，深受青年学生的欢迎。

人口学校通过培训社区计划生育志愿者，帮助他们掌握计划生育生殖保健科学知识和技能，使他们活跃在小区，坐堂在居委服务室，为小区居民提供宣传咨询服务。

二、营造一个新的文化氛围——“水丰路人口文化一条街”

开辟两条“百米”长廊：“百米阅报廊”和“百米宣传廊”。“7.11”、“9.25”等纪念日在“宣传画廊”制作了婚育新风进万家活动和计划生育生殖保健知识的展板。在创建水丰路社区商业示范街时设立了4块大的创建学习型社区和人口文化电子广告宣传牌，形成人口文化一条街。

各居委会设立固定的人口文化宣传栏，每季更换一次内容，并适时开辟专题栏目。每月利用广播、黑板报、横幅等形式开展宣传。适时开展“学雷锋、树新风”、“健康教育宣传活动”、“计划生育政策生殖健康知识竞赛”、“温馨的家园文艺汇演”、“少生快富有奖征文”等活动。

三、探索一种新的方法——以创建学习型家庭，推动“进万家”活动

全面实施学习型家庭创建计划，引导家庭成员树立“终身学习”的理念，倡导“科学、文明、健康”的婚育观念和生活方式。

拟订学习型家庭的条件。具体是：家庭成员具有亲子互动学习情趣；有充裕的家庭教育和家庭文化生活时间；有 200 册书籍的藏书量（根据每个家庭需求人口计生部门提供相关生命科学、计划生育生殖保健科学知识等书籍和资料）；订阅一份报刊杂志；有一年两次的学习成果和心得交流等。

开展 0—3 岁亲子教育活动。组织 230 多户家庭参加亲子俱乐部活动和“母婴健康社区行”活动，做好母乳喂养宣传工作，使母乳喂养率达到了 80%以上。

举办各种家庭文化活动。如家庭读书征文活动、家庭演讲活动、家庭生殖健康知识竞赛、家庭摄影作品展、家庭美德大家谈等活动。营造亲子共同学习，相互学习，自我改变，自我完善，一起成长，共同发展的良好氛围。

倡导五个方面家庭新风。主要是：文明健康、平等友爱、崇尚科学、遵纪守法、助人为乐的家庭新风。帮助每一个家庭倡导科学、文明、健康生活方式，提高家庭生活质量和生命质量。

实行计划生育承诺服务。街道人口计生部门与育龄群众签订《计划生育公约》，签约率达到了 95%以上。通过“四个一”活动，为育龄群众提供优质的计划生育生殖保健服务。一是对新婚对象送上一本《孕前孕早期保健》的书，开展家庭生育计划指导；二是对生育后时期的对象送上一份“关于避孕节育”的宣传资料；三是对中老年妇女发放一本《更年期生殖保健知识》读本；四是为无业人员和婚嫁人员提供 B 超检查、乳房检查、妇科检查和避孕节育随访。

广州市海珠区华南街创建学习型社区
人人学习　处处学习　终身学习

学习型社会——建立在全民教育、终身教育体系基础上以学习为社会主导生活、生产与发展方式的社会发展形式，是人人学习、时时、处处都充满学习的社会。

学习型社会基本内涵

人人学习、全员学习，社会学习化；

时时学习、处处学习，学习社会化；

一生学习、全程学习，学习终身化；

自主学习、创新学习，学习主体化。

促进和实现人的全面发展是形成学习型社会的根本目标。

环保行为规范

1. 节水为荣，一水多用，降低能耗，少开空调。
2. 保护大气，乘坐“公交”，多骑“单车”，强身健体。
3. 电话贺年，替代贺卡，减少耗材，保护地球。
4. 自备餐具，减少污染；自备购物袋，少用一次性制品。
5. 选无磷洗衣粉，保护江河湖泊。
6. 用无氟制品，保护臭氧层。

7. 认"环境标志",选购绿色商品。

8. 买环保电池,防止汞、镉污染。

9. 选绿色包装,减少垃圾灾难。

10. 拒食野生动物,改变不良的饮食习惯。

11. 拒用野生动植物制品,别让濒危生命死在你手里。

社区文明公约

遵纪守法,戒赌禁毒;崇尚科学,反对邪教。

邻里团结,扶弱助残,家庭和睦,爱幼敬老。

公用楼道,畅通整洁,垃圾袋装,严禁高抛。

车辆停泊,规范有序,饲养宠物,处处管好。

晾衣种花,水不下滴,安装空调,排水有道。

公共设施,自觉爱护,栽树种花,注重环保。

强身建体,齐齐参与,书画文娱,陶冶情操。

家家学习,勤读书报,践行公德,我定做到。

健康格言

吃饭要吃七分饱,平日常做健身操。

抬抬手,动动脚,烦心琐事全忘掉。

看看书,笑一笑,听听音乐乐逍遥。

淡薄名利重情义,身外之物不求多。

亲人才是无价宝,远离愁怨少烦扰。

体健心平人长寿,无常自在福气到。

社区青少年网络文明公约

要善于网上学习，不浏览不良信息；

要诚实友好交流，不侮辱欺诈他人；

要增强自护意识，不随意约会网友；

要维护网络安全，不破坏网络秩序；

要有益身心健康，不沉溺虚拟时空。

大连桂林街道搭建多元化的学习平台 把社区建成没有围墙的大学校

大连中山区桂林街道党工委

桂林街道地处南山脚下，明泽湖畔，下设4个社区，有居民8600多户、23万余人，驻街单位近百个。2001年6月，市第九次党代会做出《关于建设学习型城市的决定》后，街道党工委认真落实《决定》精神，迅速掀起创建学习型社区的活动热潮。我们坚持从实际出发，以群众的需求为出发点，着力构建多元化的学习平台，吸引广大社区居民积极参与，教育引导人们树立人人学习、终身学习的理念。经过全体干部群众近两年的努力，目前基本形成了以知识投入为手段，以良好的氛围建设为前提，以全面提高人的素质为目标，以群众自我学习、自我教育、自我监督为机制的学习型社区模式，培育了干部群众的创业意识、创造精神和创新能力。

一、整合社区资源，搭建多元化的社区学习平台

有效地整合社区资源，构建多元化的学习平台，是建设学习型社区的基础工作，也是"生活学习化、学习生活化"的具体体现。街道党工委从社区的特点和实际出发，确立整体发展框架，发挥社区资源优势，努力解决文化资源浪费、利用率低的问题，初步形成了"街道主抓，社区运作，区域连动，居民参与"的工作

格局和街道、社区、楼院、家庭“四级”学习网络。

(一)构建方便群众的学习平台,社区居民学习有其所。街道党工委不断加强基础设施建设,搭建社区学习平台,方便居民参加社区学习。重点抓了三个方面工作:一是建立功能完善的社区教育学校。2001 年 9 月,我们成立了面向全体居民的社会化、开放式的“桂林街道社区教育学校”,并在所辖 4 个社区设立学习辅导站。同时,针对不同群体、不同对象的需求,组建了四所不同类型的社区学习分校:社区业余党校,主要是组织社区党员参加学习活动,每月参加学习的党员多达 500 余人次;社区老年学校,主要举办老年人保健、修身养性、戏曲艺术和书法绘画等知识的系列讲座;社区技能培训学校,培训教育下岗失业人员转变择业观念,提高就业技能;外来人口培训中心,加强对外来劳务人员的教育培训,目前已培训外来人口 800 余人次。二是建立布局合理的教学实践基地。利用社区资源,采取共建联建的形式,在市国税稽查一分局、嘉信酒店和第九中学等辖区单位,建立了法制教育基地、技能培训基地、文化学习基地和爱国主义教育基地等十大教学实践阵地,组织居民群众学习政策理论、道德规范,进行就业技能、英语会话和电脑与网络知识培训。三是建立俭朴实用的社区学习阵地。街道先后投资 600 多万元建起街道文体活动中心、图书室等硬件设施。在居民楼道建起了文化栏、在居民楼院新建了阅报栏、在每个小区都设置了公益广告栏,经常进行时事政治、道德规范、科学知识的宣传,使居民不出楼院就能学习新知识。我们还充分利用辖区内儿童公园、植物园的有利条件,成立了公园党支部,有组织地开展群众文化活动和思想道德教育,把公园建成露天大课堂。多样有效的学习阵地，既满足了群众的学习需求，又方便了群众参与学习，受到群众的欢迎。

（二）组建一支专兼职与志愿者相结合的教师队伍，社区居民学习有其师。主要组建了四支社区学习辅导员队伍：一是专职辅导员队伍。我们以区下派到社区的专职教师为骨干，以街道班子成员和机关干部为主体，组成一支43人的专职辅导员队伍。这支队伍素质较高、比较稳定，定期组织居民群众学习思想政治、时事政策、民主法制、文化知识、劳动技能、医疗健康、文体健身等知识。

二是兼职辅导员队伍。从大专院校聘请专家学者为兼职辅导员。这支队伍理论水平高、视野开阔，他们不定期的组织干部群众学习社区建设理论等专业知识，并对社区辅导员进行培训。

三是专业辅导员队伍。邀请大连外国语学院百名青年学生和英之辅英语学校外教，组成一支120余人的专业辅导员队伍。这支队伍专业知识水平高、讲课规范系统。他们每周三轮流进社区，辅导居民群众学习电脑与网络知识和外语会话300句。

四是社区志愿者辅导员队伍。发动社区单位专业技术人员和具有专业特长的离退休老党员、老教师，组成一支180多人的社区志愿者辅导员队伍。这支队伍干劲足、热情高，他们组织居民学习就业技能和科学生活常识。组建一支多元化的辅导员队伍，不仅给教师们提供了展示自我和参加社会实践的舞台，而且发挥了社区人才的智力优势，提高了社区居民的学习质量。

（三）建立一套科学的运行机制，保证学习型社区建设规范运作。科学的机制，是创建工作规范运行的保证。在创建过程中，我们逐步建立起四项工作机制：一是建立领导机制，强化组织意识。街道把建设学习型社区作为实践“三个代表”重要思想，为民办好事、实事的重要举措，纳入单位议事日程，成立了建设学习型社区工作委员会，加强领导，统一部署，建立了例会制度，每季度召开一次工作会议，交流工作，解决问题。相关职能部门也都明确责任，相互协调，加强指导，形成合力。各社区居委会都建立学习委员会，制定学习计划，有组织、有步骤地开展创建活动。

二是建立制约机制，规范学习活动。我们参照《中山区社区教育工作暂行规定》，制定了中心组和机关学习制度、群团组织联席会议制度、社区共建互约制度、学习绩效考核奖励制度等，把学习活动纳入规范化、制度化轨道，引导干部群众养成学用结合，知行统一的良好习惯。

三是建立协调机制，加强区域协作。街道建立了建设学习型社区联席会议制度，把电影公司、培智学校等辖区单位和社会办学力量全部吸纳到创建组织中。联席会确定了“三统一”工作模式，即：教学资源统一用，技能培训统一抓，总结表彰统一搞，共同促进学习型社区建设的健康发展。

四是建立激励机制，增强学习动力。街道制定了职工培训规划，鼓励在职人员参加学历升级教育；设立了奖学基金，对干部职工学习创新成果给予奖励；社区每年都要开展读书月活动，举办社区科普文化节，进行学习型楼院、学习型家庭评比和学习成果展示活动，鼓励干部群众自主学习，营造人人向学的氛围。

二、精心设计灵活、开放、便捷的学习载体，激发居民的学习热情

社区居民是学习型社区建设的主体，我们坚持用鲜活、新颖的形式吸引群众，用实用、易学的内容满足群众，从而激发了居民的学习积极性，为创建活动提供了不竭动力。

（一）根据群众需要安排学习内容，引发学习热情。社区居民的年龄结构、知识结构有很大差异，对学习的需求各不相同。因此，我们通过问卷调查、现状普查，摸清底数，根据不同年龄、不同文化、不同职业人群的需要，设计了不同形式的学习载体：针对老年人成立“夕阳红”温馨驿站，开设了贴近生活、服务居民的学习辅导。聘请医务人员每季度举办一次健康讲座，搞一次义诊、咨询服务。我们还邀请市老龄委教授为居民作“更新观念，面对长寿时代”的报告，深受老年朋友的欢迎。针对青少年开展了“五小”活动。在寒暑假期间让青少年学生担当社区的宣传小喇叭、清洁小卫士、安全小哨兵、节约小能手、文明小市民。在社区开展计算机游戏比赛、网络作品设计大赛、楼院足球赛，让他们在社会实践中学到知识、增长才干。针对下岗失业人员的实际，我们以“好帮手”家政服务中心为阵地，常年开展方便易学的就业技能培训。同时，针对外来人口流动性大，普遍缺乏法规意识的特点，开展了送法、送教、送书、送戏、送医、送岗“六送”活动，利用流动人口服务中心适时开展遵纪守法、计划生育、文明礼仪教育和就业指导服务。

（二）根据群众需要确定学习形式，激发学习兴趣。做好服务，积极引导，是调动群众学习兴趣的重要手段。我们因地制宜地做了三方面工作：一是搞好服务指导，引导居民学习。我们编印了“人人学习、处处学习、终身学习”倡议书发到居民家中，鼓动社区居民积极参与学习型家庭创建活动。利用楼道宣传栏及时向居民介绍畅销书目，推荐市图书馆、科技馆、自然博物馆等场所开展的各种活动。还把本社区年度所要举办的学习讲座编成目录,发给大家,形成“学习超市”供居民选择参加。

二是营造学习氛围,组织居民学习。街道在全市率先成立了社区税法学校、市民读书俱乐部、社区群众文体协会等。我们还在广大居民中开展“每人参加一个学习小组、每天收看一段新闻、每周记一篇笔记、每月读一本喜爱的书、每年订一份报纸”的“五个一”活动。还在40个楼院里组建了“银发读报小组”,确定了460余个学习中心户,组织居民开展读书评书活动。

三是组建文体团队,激励居民学习。文体活动是寓学于乐的好形式,群众也愿意参加。社区成立了“晚情”艺术团,先后组建起老年合唱团、秧歌队、武术队、舞蹈队、健身操队等10支文体队伍。每年都要举办“小区之夏”乘凉晚会、“水上音乐会”、“冰上运动会”、戏曲欣赏会、赞美诗会等活动,激发了群众的学习兴趣,增强了学习效果。

(三)宣传群众身边的典型,调动群众的学习积极性。社区居民身边的人,身边的事往往具有很强的感染力和教育意义。我们通过挖掘树立本社区的学习典型和学习事例,广泛加以宣传,号召大家向身边的人学习,以点带面,营造了良好的学习氛围。林景社区70多岁的黄义庆老人,身患多种疾病,1996年开始习作国画,经过几年艰苦努力,作品已达到相当高的水平。为鼓励他与病魔顽强抗争的精神,街道专门为他举办了个人画展,请他向居民介绍自己克服病痛,苦练国画的动人故事。社区居民佟磊明兄弟俩夫妻同时失业,他们参加了社区学校企业经营管理班学习,学到了一定的经营知识,利用自家住房办起了“同心烤肉店”,全家齐上阵,小店经营越来越红火。后来,又开办了

"太阳系便利店",还聘用了10余名失业职工,现已发展连锁店13家,赢得了较好的经济效益和社会效益。我们把他的事迹在电台、广播、报纸等媒体上进行广泛的宣传。如今,他已成为社区下岗失业人员自强创业的榜样。

三、扎实开展学习型社区创建活动,促进了社区各项事业的快速发展

建设学习型社区,是建设学习型社会的基础工程,是全面建设小康社会,提升全民族素质和人民生活质量的必然选择。经过近两年的创建工作,给干部群众精神面貌和社区建设带来了明显的变化,我们感到主要有三个方面的收获。

(一)学习促进了人们思想观念的转变,干部群众的求知进取意识进一步增强。学习长才干,实践出真知。学习型社区的创建过程,就是干部群众不断学习进取的过程。为保持社区建设的发展后劲,街道党政"一班人"坚定了"在学习中求创新、在实践中求发展"的思想,班子成员带头学习市场经济理论、"WTO"知识和社区建设基本要求。带领机关干部深入工作第一线,认真调查研究,先后撰写了《当前发展区域经济的几点思考》、《社区居委会自治功能初探》、《发挥社区优势,提高人口素质》和《建设学习型社区"六要"》等文章在市、省级刊物上发表,其中两篇被全国性学术刊物收录。理论的升华,促进了实践。领导班子牢固树立了"把群众需求作为第一信号"的意识,逐渐强化了"小政府、大服务、强社区"的工作理念。今年春节前夕,我们把等困难群众上门申请求助变为主动登门服务,走访了解社区居民存在的实际困难。街道还投资2万元成立了"爱心救助超市",开展了实物救助、服务救助和网上救助等多项服务,使辖区 410 多户困难群众度过了愉快的春节。街道连续两年超额完成各项经济指标，老百姓得到了实惠，也感受到了学习带来的新变化。

（二）学习促进了劳动者择业观念的转变，自强创业的意识进一步增强。引导社区下岗失业人员转变观念，提高综合素质，适应市场竞争的需要，是社区教育学习的首要任务。2000 年以来，社区教育学校对 3000 多人（次）进行了就业技能培训，失业人员经过培训转变了观念，提高了竞争实力，增强了自主创业的意识。截止目前，辖区内 1000 多名下岗失业人员，通过学习提高了技能，走上了自谋职业的道路，还有 1760 多人通过培训重新找到了工作，社区就业率达到了 98%，安置率达到 100%，街道也成为全市第一个“无待业社区”。社区有就业愿望和就业能力的下岗失业人员实现再就业，减少了社区贫困群众比例，减轻了政府负担，促进了社会的稳定。

（三）学习促进了群众生活理念的转变，学习生活化的意识进一步增强。我们在学习型社区建设过程中，把一些习以为常，易于接受的学习理念融入其中，以不同的形式体现出这“学习理念”，进而使学习成为人们的一种生活方式，引导居民群众养成“在生活中学习，在学习中生活”的好习惯，这是我们感到建设学习型社区最深层的内涵和最核心的价值。经过近两年的创建活动，社区居民学到了知识，学会了生活。老年人焕发了青春，使老有所学、老有所乐成为现实。据统计，在社区各项学习中，居民参与率达 70%以上。有的居民早晨参加健身操练习，下午到“社区外语角”学习英语，生活过得特别充实。群众的生活理念也发生了很大变化，春节期间的抽样调查表明：许多家庭把给孩子的压岁钱，换成了电脑、书本等学习用品，居民日常开支中用于学习和文化生活的消费也明显提高。一股“人人学习、时时学习、处处学习”的热潮正在逐渐形成。

建设学习型社区，是一项不断创新、不断发展的工作。我们要认真贯彻、深刻领会市委这次会议精神，继续完善科学灵活的学习机制，精心设计形式多样而有趣味的学习载体，致力培养有现代素质的学习之人，努力把社区建成人人学习、时时学习、处处学习的没有围墙的大学校。

参考书籍报刊

姜善坤、刘宝华、李燕妮编著:《怎样做学习型员工》,上海三联书店,2004年第1版

张声雄编著:《学习型组织的创建》,上海科学普及出版社,2000年第1版

张声雄、徐韵发主编:《创建中国特色的学习型社会》,上海三联书店,2003年第1版

上海浦东龙馥小区《龙馥小区居民文明格言》

《文汇报》

《天天家教网》

《中国教育网》

《终身教育发展网》

乐善耀:《儿童发展与学习化社会》

《人民日报》

图书在版编目(CIP)数据

建设学习型社区问答120题 / 姜善坤，李燕妮编.
—上海：上海三联书店，2006.4
ISBN 7－5426－2304－4

Ⅰ.建…　Ⅱ.①姜…②李…　Ⅲ.社区—城市建设
—中国—问答　Ⅳ.D669.3—44

中国版本图书馆CIP数据核字(2006)第038598号

建设学习型社区问答120题

编　　著/姜善坤　李燕妮

责任编辑/戴　俊
装帧设计/康　达
责任制作/林信忠
责任校对/刘　佳

出版发行/上海三联书店
　　　　(200031)　中国上海市乌鲁木齐南路396弄10号
　　　　http://www.sanlianc.com
　　　　E-mail：shsanlianc@yahoo.com.cn
印　　刷/上海惠顿实业公司印刷

版　　次/2006年5月第1版
印　　次/2006年5月第1次印刷
开　　本/850×1168　1/32
字　　数/150千字
印　　张/8
印　　数/1—10000

ISBN7－5426－2304－4/G·774
定价 16.00元

SJPC